Der Weg zum Leben

Der Weg zum Leben

ALDIVAN TORRES

Der Seher

Canary Of Joy

CONTENTS

1 1

Der Weg zum Leben
Der Seher
Der Weg zum Leben

Urheber: Der Seher
©2020-Der Seher
Alle Rechte vorbehalten.
Serie: Kultivierung der Weisheit

Dieses Buch, einschließlich aller Teile, ist urheberrechtlich geschützt und kann nicht ohne die Erlaubnis des Autors vervielfältigt, weiterverkauft oder heruntergeladen werden.

Der Seher ist ein Schriftsteller, der in mehreren Genres gefestigt ist. Bisher wurden die Titel in Dutzenden von Sprachen veröffentlicht. Schon früh war er ein Liebhaber der Kunst des Schreibens, nachdem er ab der zweiten Jahreshälfte 2013 eine berufliche Karriere gefestigt hat. Er hofft, mit seinen Schriften zur internationalen Kultur beizutragen und die Freude am Lesen bei denen zu wecken, die nicht die Gewohnheit haben. Ihre Mission ist es, die Herzen jedes Ihrer Leser zu gewinnen. Neben der Literatur sind seine Hauptvergnügungen Musik, Reisen, Freunde, Familie und die Freude am Leben selbst. „Für Literatur, Gleichheit, Brüderlichkeit, Gerechtigkeit, Würde und Ehre des Menschen immer" lautet sein Motto.

Der Weg
Wissen, wie man kritisch ist
Meister des Lebens
Rückkehrgesetz
Eine Zeit der Angst
Das Pflanzen-Ernte-Verhältnis
Geben Sie die Almosen oder nicht?
Der Akt des Lehrens und Lernens
Wie man gegen Verrat handelt
Liebe erzeugt mehr Liebe
Handeln im Namen der Armen, ausgeschlossenen und Untergebenen
Letzte Nachricht
Der Weg des Wohlbefindens
Der Weg
Die Wege zu Gott
Die guten Meister und Lehrlinge
Gute Praktiken, um nüchtern zu bleiben
Der Wert durch das Beispiel
Das Gefühl im Universum
Göttlich fühlen
Ändern der Routine
Weltungleichheit verskennt Gerechtigkeit
Die Kraft der Musik
Wie man das Böse bekämpft
Ich bin der Unverständliche
Probleme
Bei der Arbeit
Reisen
Auf der Suche nach Rechten
Glauben Sie an die volle Liebe
Wissen, wie man eine Beziehung veraltet
Die Massage

DER WEG ZUM LEBEN

Die Übernahme moralischer Werte
Den Geist eines wahren Freundes haben
Zu beachtende Maßnahmen
Pflege der Fütterung
Tipps für ein langes und gut leben
Tanz
Fasten
Das Konzept Gottes
Verbesserungsschritte
Eigenschaften des Geistes
Wie soll ich mich fühlen?
Die Rolle der Bildung
Schlussfolgerung
Gewinnen durch Glauben
Sieg über spirituelle und fleischlich Feinde
Die Mensch-Gott-Beziehung
Glaubt an den HERRN im Schmerz
Ein ehrlicher Mann des Glaubens sein
Die Christusse
Die Mission des Menschen
Sei der Christ
Die beiden Wege
Die Wahl
Meine Erfahrung
Es liegt an uns
Ziel
Königreich des Lichts, Oktober 1982
Die Mission
Die Bedeutung des Sehens
Authentizität in einer verdorbenen Welt
Traurigkeit in schwierigen Zeiten
Leben in einer verdorbenen Welt
Solange das Gute existiert, wird die Erde

Die Gerechten werden nicht erschüttert
Seien Sie die Ausnahme
Meine Festung
Die Werte
Auf der Suche nach innerem Frieden
Der Schöpfergott
Wahre Liebe
Erkennen Sie sich Sünder und begrenzt
Der Einfluss der modernen Welt
Wie man sich mit dem Vater integriert
Die Bedeutung der Kommunikation
Die Interdependenz und Weisheit der Dinge
Keine Schuld an irgendjemandem
Teil eines Ganzen sein
Beschweren Sie sich nicht
Aus einem anderen Blickwinkel sehen
Eine Wahrheit
Denken Sie an den anderen
Vergessen Sie die Probleme
Gesicht Geburt und Tod als Prozesse
Unsterblichkeit
Haben Sie eine proaktive Haltung
Gott ist Geist
Eine Vision des Glaubens
Folgen Sie meinen Geboten
Der tote Glaube
Haben Sie eine andere Vision
Aus der Schwäche kommt Stärke
Was in einer heiklen finanziellen Situation zu tun ist
Angesichts familiärer Probleme
Überwindung einer Krankheit oder sogar Tod
Treffen Sie sich selbst
Sophia

DER WEG ZUM LEBEN

Gerechtigkeit
Die Zuflucht zur richtigen Zeit
Die Verführung der Welt versiert den Weg Gottes
Jahwe kennenlernen
Die Gerechten und die Beziehung zum HERRN
Die Beziehung zu Jahwe
Was Sie tun sollten
Ich gebe dir meine ganze Hoffnung
Freundschaft
Vergebung
Finden Sie Ihren Weg
Wie man bei der Arbeit lebt
Leben mit hart gesottenen Menschen bei der Arbeit
Vorbereitung auf ein autonomes Arbeitseinkommen
Analyse von Spezialisierungsmöglichkeiten in Studien
Wie man in der Familie lebt
Was ist Familie
Wie respektiert und respektiert werden
Finanzielle Abhängigkeit
Die Bedeutung des Beispiels

Der Weg

Gehen Sie mit den Guten und Sie werden Ruhe haben. Gehen Sie mit den bösen Jungs und Sie werden unglücklich sein. Sag mir, mit wem du herumhängst, und ich werde dir sagen, wer du bist. Dieser kluge Spruch zeigt, wie wichtig es ist, in Freundschaften selektiv zu sein. Ich glaube jedoch, dass es alles eine Lernerfahrung ist. Du musst Fehler machen, um zu lernen, oder du musst experimentieren, um zu wissen, was dir gefällt. Die Erfahrung ist ein elementarer Evolutionsfaktor des Menschen, da wir wandernde Wesen sind, die einer Realität der Sühne und Beweise ausgesetzt sind.

Wissen, wie man kritisch ist

Wir entwickeln uns ständig weiter. Es ist normal, sich selbst zu kritisieren und immer Ihre Leistung in Ihren täglichen Aktivitäten zu verbessern. Aber fordern Sie nicht zu viel von sich selbst. Die Zeit kehrt und reift Ihre Ideen. Teilen Sie Ihre Aufgaben so auf, dass Sie genug Freizeit haben. Überwältigter Geist produziert nichts Von bequem. Es ist die Zeit der Pflanzung und Ernte.

Es braucht Empathie und Kontrolle. Wenn ihr Partner einen Fehler macht, geben Sie ihm einen guten Rat, aber stellen Sie ihn nicht neu. Denken Sie daran, dass wir den anderen nicht beurteilen können, weil wir auch unvollkommene und fehlerhafte Wesen sind. Es wäre ein Blinder, der einen anderen Blinden führt, der keine Früchte tragen würde. Reflektieren, planen und realisieren. Sie sind die notwendigen Säulen für den Erfolg.

Wenn Sie ein Chef sind, fordern Sie Fähigkeiten von Ihren Untergebenen, sondern auch Verständnis und menschlich sein. Eine Arbeitsumgebung mit starken und negativen Vibrationen behindert nur unsere Entwicklung. Es erfordert Zusammenarbeit, Lieferung, Arbeit, Entschlossenheit, Planung, Kontrolle und Toleranz im Arbeitsumfeld. Dies wird als Arbeitsdemokratisierung bezeichnet, ein wesentlicher Punkt in der Geschäftsführung, da unsere Gesellschaft plural und facettenreich ist. Die Umwelt muss daher ein Ort der sozialen Eingliederung sein.

Große Unternehmen, die sich für Inklusion und Nachhaltigkeit einsetzen, werden von Kunden und Verbrauchern bewundert. Dadurch entsteht ein sehr positives Bild innerhalb und außerhalb der Organisation. Darüber hinaus tragen Werte der Einheit, der Hartnäckigkeit, der Würde und der Ehre zur Dauerhaftigkeit des Geschäfts bei. In diesem Fall empfehle ich ein pünktliches Treffen mit hochqualifizierten Fachleuten wie: Psychologe, Techniker für menschliche Beziehungen, Administratoren, erfolgreiche Manager, Schriftsteller, Gesundheitsfachleute unter anderem.

Meister des Lebens

Wir sind auf einer großen Mission vor einer völlig ungleichen Menge. Einige haben mehr Wissen und andere haben weniger Wissen. Jeder von uns kann jedoch lehren oder lernen. Weisheit wird nicht an ihrem Alter oder ihrem sozialen Zustand gemessen, sie ist ein göttliches Geschenk. Dann können wir einen Bettler finden, der klüger ist als ein erfolgreicher Geschäftsmann. Es wird nicht an finanzieller Macht gemessen, sondern an einer Konstruktion von Werten, die uns menschlicher macht. Erfolg oder Misserfolg sind nur eine Folge unserer Taten.

Unsere ersten Meister sind unsere Eltern. Es stimmt also, dass unsere Familie unsere Wertebasis ist. Dann haben wir Kontakt zur Gesellschaft und in der Schule. All dies reflektiert unsere Persönlichkeit. Während wir immer die Macht der Wahl haben. Der freie Wille ist die Bedingung der Freiheit aller Wesen und muss respektiert werden. Ich kann meinen Weg frei wählen, aber ich muss auch die Konsequenzen tragen. Denken Sie daran, wir wiederholen nur, was wir pflanzen. Deshalb nennst du es einen guten Baum, er ist derjenige, der gute Früchte trägt.

Wir werden mit einer Veranlagung zum Guten geboren, aber oft bringt uns die Umwelt Schaden. Ein Kind in einem Zustand der Unterdrückung und des Elends entwickelt sich nicht auf die gleiche Weise wie ein wohlhabendes Kind. Dies wird als soziale Ungleichheit bezeichnet, wo nur wenige Menschen viel Geld haben und viele Menschen arm sind. Ungleichheit ist das große Übel der Welt. Es ist eine große Ungerechtigkeit, die dem Teil der weniger begünstigten Bevölkerung Leid und Schaden zuteilwerden lässt. Ich denke, wir brauchen mehr Maßnahmen zur sozialen Eingliederung. Wir brauchen Arbeitsplätze, Einkommen und Chancen. Ich denke, Nächstenliebe ist ein wunderschöner Akt der Liebe, aber ich denke, es ist demütigend, genau das zu leben. Wir brauchen Arbeit und menschenwürdige Überlebensbedingungen. Wir müssen auf bessere Tage hoffen. Wie gut ist es, Dinge mit eigener Arbeit zu kaufen und nicht diskriminiert zu werden. Wir brauchen die Chance aller, ohne jede Art von Diskriminierung. Wir brauchen Arbeitsplätze für Schwarze, Indigene, Frauen, Homosexuelle, transsexuelle sowieso, für alle.

Ich denke, der Ausweg aus einem neuen Nachhaltigkeitsmodell wäre die gemeinsame Arbeit der Elite mit der Regierung. Weniger Steuern, mehr finanzielle Anreize, weniger Bürokratie würden dazu beitragen, Ungleichheit zu verringern. Warum braucht eine Person Milliarden auf ihrem Bankkonto? Das ist völlig unnötig, auch wenn es die Frucht eurer Arbeit ist. Wir müssen die großen Vermögen besteuern. Wir müssen auch die Arbeits- und Steuerschulden großer Unternehmen eintreiben, um Dividenden zu generieren. Warum die reiche Klasse privilegiert? Wir sind alle Bürger mit Rechten und Pflichten. Wir sind vor dem Gesetz gleich, aber wir sind eigentlich ungleich.

Rückkehrgesetz

Eine Zeit der Angst

Wenn eine Zeit der Angst kommt und es scheint, dass alle Ungerechten gedeihen, seien Sie versichert. Früher oder später werden sie fallen und die Gerechten werden gewinnen. Die Wege des HERRN sind unbekannt, aber sie sind aufrecht und Weise, zu keinem Zeitpunkt wird er euch im Stich lassen, auch wenn die Welt euch verurteilt. Sie tut dies, damit ihr Name von Generation zu Generation fortbesteht.

Das Pflanzen-Ernte-Verhältnis

Alles, was ihr auf Erden um euretwillen tut, wird im Buch des Lebens geschrieben. Jeder Rat, jede Spende, jede Loslösung, jede finanzielle Hilfe, freundliche Worte, Komplimente, die Zusammenarbeit in karitativen Werken unter anderem ist ein Schritt in Richtung Wohlstand und Glück. Glauben Sie nicht, dass es für die Assistierten das größte Gut ist, dem anderen zu helfen. Im Gegenteil, Ihre Seele profitiert am meisten von Ihren Handlungen und Sie können höhere Flüge erhalten. Habt das Bewusstsein in euch, dass nichts frei ist, das Gute, dass wir heute ernten, pflanzen wir in der Vergangenheit. Haben Sie schon einmal eine Haushilfe selbst ohne Stiftung gesehen? So geschieht auch bei jeder unserer Handlungen.

Geben Sie die Almosen oder nicht?

Wir leben in einer Welt grausamer und voller Betrüger. Es ist üblich, dass viele Menschen mit guten finanziellen Bedingungen nach Almosen fragen, um zu bereichern, ein verschleierter Akt des Diebstahls, der das ohnehin schon beunruhigende Gehalt der Arbeiter saugt. Angesichts dieser alltäglichen Situation weigern sich viele, angesichts eines Almosenersuchens zu helfen. Ist dies die beste Option?

Es ist am besten, von Fall zu Fall zu analysieren, die Absicht der Person zu fühlen. Es gibt unzählige Geißeln auf der Straße, es gibt keine Möglichkeit, jedem zu helfen, das ist wahr. Aber wenn es dein Herz zulässt, hilf. Selbst wenn es sich um einen Betrug handelt, wird die Sünde in der Absicht der anderen Person sein. Ihr habt euren Teil getan, zu einer weniger ungleichen und humaneren Welt beigetragen. Herzlichen Glückwunsch an Sie.

Der Akt des Lehrens und Lernens

Wir befinden uns in einer Welt der Sühne und Prüfungen, einer Welt im ständigen Wandel. Um uns an diese Umgebung anzupassen, befinden wir uns in einem reichen Lehr-Lernprozess, der sich in allen Umgebungen widerspiegelt. Nutzen Sie diese Gelegenheit, absorbieren Sie die guten Dinge und leugnen Sie die schlechten, damit sich Ihre Seele auf dem Weg zum Vater entwickeln kann.

Seien Sie immer dankbar. Danke Gott für deine Familie, Freunde, Reisebegleiter, Lebenslehrer und alle, die an dich glauben. Gebt dem Universum etwas von eurem Glück zurück, indem ihr ein Apostel des Guten ist. Es lohnt sich wirklich.

Wie man gegen Verrat handelt

Seien Sie vorsichtig mit Menschen, vertrauen Sie nicht so einfach. Falsche Freunde werden nicht zweimal nachdenken und ihr Geheimnis vor allen lüften. Wenn dies geschieht, ist das Beste, was zu tun ist, zurückzutreten und die Dinge an ihren richtigen Orten zu setzen. Wenn ihr genug entwickelt werden könnt und entwickelt habt, verzeiht. Vergebung wird eure Seele von Ressentiments befreien und dann werdet ihr bereit sein für neue Erfahrungen. Vergebung bedeutet nicht zu vergessen, denn sobald du dein Vertrauen gebrochen hast, wirst du nicht mehr zurückkommen.

Denkt an das Gesetz der Rückkehr, das das gerechteste Gesetz von allen ist. Alles, was Sie dem anderen unrecht tun, wird mit Zinsen für Sie zurück, um zu zahlen. Also mach dir keine Sorgen über den Schaden, den sie dir zugefügt haben, du wirst für deine Feinde da sein, und Gott wird rechtschaffen handeln, indem er dir gibt, was jeder verdient.

Liebe erzeugt mehr Liebe

Gesegnet sei der, der Liebe oder Leidenschaft erfahren hat. Es ist das erhabenste Gefühl, das geben, verzichten, kapitulieren, verstehen, Toleranz und Loslösung vom Material. Allerdings haben wir nicht immer ein Gefühl, das vom geliebten Menschen erwidert wird, und das ist, wenn Schmerzen und Bestürzung auftreten. Es ist eine Zeit erforderlich, um sie abzuwägen und diesen Zeitraum einzuhalten. Wenn Sie sich besser fühlen, gehen Sie weiter und bereuen Sie nichts. Ihr liebte es, und als Belohnung wird Gott dem anderen einen Weg zeigen, dass er oder sie auch ihren Weg nach vorn gehen wird. Es besteht eine hohe Wahrscheinlichkeit, dass sie von anderen abgelehnt wird, um für das verursachte Leid zu bezahlen. Damit wird ein Teufelskreis neu aufleben, in dem wir nie einen haben, den wir wirklich lieben.

Handeln im Namen der Armen, ausgeschlossenen und Untergebenen

Suchen Sie, um Obdachlosen, Waisen, Prostituierten, den Verlassenen und den Ungeliebten zu helfen. Deine Belohnung wird groß sein, weil sie deinen guten Willen nicht zurückzahlen können.

In einem Unternehmen behandeln Schule, Familie und Gesellschaft im Allgemeinen jeden mit Gleichheit, unabhängig von seiner sozialen Klasse, Religion, ethnischen Zugehörigkeit, sexuellen Wahl, Hierarchie oder jeder Spezifität. Toleranz ist eine große Tugend für sie, Zugang zu den höchsten himmlischen Höfen zu haben.

Letzte Nachricht

Nun, das ist die Botschaft, die ich geben wollte. Ich hoffe, dass diese wenigen Zeilen euer Herz erleuchten und euch zu einem besseren Menschen machen werden. Denken Sie daran: Es ist immer Zeit, sich zu ändern und Gutes zu tun. Begleiten Sie uns in dieser Kette des Guten für eine bessere Welt. Wir sehen uns die nächste Geschichte.

Der Weg des Wohlbefindens

Der Weg

Der Mensch in seinem ganzen Bewusstsein hat zwei Dimensionen zu beobachten: die Art und Weise, wie er sich selbst sieht und die Art und Weise, wie er von der Gesellschaft gesehen wird. Der größte Fehler ist, dass er versuchen kann, einem Gesellschaftlichen Standard wie dem unseren zu entsprechen. Wir leben in einer Welt, die meist voreingenommen, ungleich, tyrannisch, grausam, böse, voller Verrat, Lüge und materieller Illusionen ist. Gute Lehren zu absorbieren und authentisch zu sein, ist der beste Weg, um sich in Frieden mit sich selbst zu fühlen.

Sich selbst besser zu lernen und zu kennen, sich auf gute Werte zu verlassen, sich selbst und andere zu mögen, Familie zu schätzen und Nächstenliebe zu praktizieren, sind Wege, um Erfolg und Glück zu finden. In diesem Weg wird es Stürze, Siege, Sorgen, Glück, Momente der Muße, Krieg und Frieden geben. Das Wichtigste bei all dem ist, sich mit Glauben an sich selbst und einer größeren Kraft zu bewahren, was auch immer dein Glaube ist.

Es ist wichtig, all die schlechten Erinnerungen hinter sich zu lassen und mit eurem Leben fortzufahren. Seien Sie versichert, dass der HERR Gott gute Überraschungen vorbereitet, in denen Sie die wahre Freude am Leben spüren werden. Haben Sie Optimismus und Ausdauer.

Die Wege zu Gott

Ich bin der Sohn des Vaters, der gekommen ist, um dieser Dimension in einer wahrhaft konsistenten Evolution zu helfen. Als ich hier ankam, fand ich eine Menschlichkeit, die völlig durcheinanderkam und vom primären Ziel meines Vaters abgelenkt wurde, sie zu erschaffen. Heute sind kleinliche, egoistische, ungläubige Menschen Gottes, konkurrenzfähig, gierig und neidisch. Es tut mir leid für diese Menschen und ich versuche, ihnen auf die bestmögliche Weise zu helfen. Ich kann durch mein Beispiel zeigen, welche Qualitäten mein Vater wirklich kultivieren möchte: Solidarität, Verständnis, Zusammenarbeit, Gleichheit, Brüderlichkeit, Kameradschaft, Barmherzigkeit, Gerechtigkeit, Glaube, Kralle, Beharrlichkeit, Hoffnung, Würde und vor allem Liebe unter den Wesen.

Ein weiteres großes Problem ist der menschliche Stolz, Teil einer bevorzugten Gruppe oder Klasse zu sein. Ich sage euch, das ist keine Galle vor Gott. Ich sage Ihnen, dass Sie offene Arme und Herzen haben, um Ihre Kinder zu empfangen, unabhängig von Ihrer Rasse, Hautfarbe, Religion, sozialen Klasse, sexueller Orientierung, politischer Partei, Region oder irgendwelcher Besonderheiten. Jeder ist in Angelegenheiten vor seinem Vater gleich. Einige sind jedoch durch ihre Werke und ihre angenehme Seele wohlwollender.

Die Zeit läuft schnell. Verpassen Sie also nicht die Gelegenheit, für ein besseres und gerechteres Universum zusammenzuarbeiten. Helfen

Sie den Betroffenen, den Kranken, den Armen, Freunden, Feinden, Bekannten, Fremden, Familie, Fremden, Männern und Frauen, Kindern, kurz gesagt, zu Hilfe, ohne Vergeltung zu erwarten. Groß wird deine Belohnung vor dem Vater sein.

Die guten Meister und Lehrlinge

Wir befinden uns in einer Welt der Sühne und Beweise. Wir sind voneinander abhängige Wesen und es fehlt uns an Zuneigung, Liebe, materiellen Ressourcen und Aufmerksamkeit. Jeder von ihnen gewinnt im Laufe ihres Lebens Erfahrungen und überträgt etwas Gutes an diejenigen, die ihnen am nächsten stehen. Dieser gegenseitige Austausch ist sehr wichtig, um einen Zustand des vollen Friedens und des Glücks zu erreichen. Das eigene Zu verstehen, den Schmerz anderer zu verstehen, im Namen der Gerechtigkeit zu handeln, Konzepte zu transformieren und die Freiheit zu erfahren, die Wissen bietet, ist unbezahlbar. Es ist gut, dass niemand von dir stehlen kann.

Während meines Lebens hatte ich großartige Lehrer: Mein geistiger und fleischlicher Vater, meine Mutter mit ihrer Süße, Lehrer, Freunde, Familie im Allgemeinen, Bekannte, Mitarbeiter, der Wächter, Engel, der Hindu, die Priesterin, Renato (meine Abenteuerpartnerin), Phillipe Andrews (ein Mann, der von einer Tragödie geprägt ist), so viele andere Charaktere, die mit seiner Persönlichkeit meine Geschichte prägten. Im Rückschlag der Geschichte habe ich meine Neffen und die ganze Menschheit durch meine Bücher begleitet. Ich habe beide Rollen gut gemacht und suche nach meiner eigenen Identität. Der Schlüssel zu der Frage ist, einen guten Samen zu hinterlassen, denn wie Jesus sagte: Die Gerechten werden wie die Sonne im Reich ihres Vaters scheinen.

Gute Praktiken, um nüchtern zu bleiben

Es gibt verschiedene Möglichkeiten, die Welt zu sehen und sich daran zu gewöhnen. In meinem speziellen Fall war ich in der Lage, die Stabilität nach einer langen Zeit der inneren spirituellen Vorbereitung aufrechtzuerhalten. Aus meiner Erfahrung kann ich Tipps geben, wie ich mich an der Inkonsistenz des Lebens orientieren kann: Alkohol trinken, nicht rauchen, keine Drogen nehmen, arbeiten, sich mit angenehmer Aktivität beschäftigen, mit Freunden ausgehen, gehen, in guter Gesellschaft reisen, gut essen und sich gut kleiden, mit der Natur in Kontakt kommen, dem Ansturm und der Animation entfliehen , ruhen Sie Ihren Geist aus, hören Sie Musik, lesen Sie Bücher, erfüllen Sie häusliche Verpflichtungen, bleiben Sie Ihren Werten und Überzeugungen treu, respektieren Sie die Ältesten, kümmern Sie sich um die Unterweisung der Jüngeren, sind Sie fromm, verständnisvoll und tolerant, versammeln Sie sich zu Ihrer spirituellen Gruppe, Erz, haben Glauben und nicht Themen. Irgendwie wird das Schicksal ihnen die guten Türen öffnen und dann Ihren Weg finden. Viel Glück wünsche ich allen.

Der Wert durch das Beispiel

Der Mensch spiegelt sich in seinen Werken. Dieses kluge Sprichwort zeigt genau, wie wir handeln müssen, um Glückseligkeit zu erreichen. Es nützt dem Menschen nichts, konsolidierte Werte zu haben, wenn er sie nicht in die Praxis umsetzt. Mehr als gute Absichten brauchen wir gefestigte Einstellungen, damit sich die Welt dann transformiert.

Das Gefühl im Universum

Lernen Sie, sich selbst kennen zu lernen, sich selbst mehr zu schätzen und zum Wohle anderer zusammenzuarbeiten. Ein Großteil unserer Probleme ist auf unsere eigenen Ängste und Unzulänglichkeiten zurückzuführen. Da wir unsere Schwächen kennen, können wir sie beheben und in der Zukunft planen, uns als Mensch zu verbessern.

Folgen Sie Ihrer Ethik, ohne das Recht derer zu vergessen, die an Ihrer Seite sind. Seien Sie immer unparteiisch, fair und großzügig. Die Art und Weise, wie Sie die Welt behandeln, wird als Vergeltungserfolg, Frieden und Ruhe haben. Seien Sie nicht zu wählerisch mit sich selbst. Versuchen Sie, jeden Moment des Lebens aus einer Lernperspektive zu genießen. Beim nächsten Mal wissen Sie genau, wie Sie handeln sollen.

Göttlich fühlen

Nichts ist zufällig und alles, was im Universum existiert, hat seine Bedeutung. Seien Sie glücklich für die Gabe des Lebens, für die Möglichkeit zu atmen, zu gehen, zu arbeiten, zu sehen, zu umarmen, zu küssen und Liebe zu geben. Niemand ist ein isoliertes Stück, wir sind Teil der Ausrüstung des Universums. Versuchen Sie, einfache mentale Verbindungsübungen zu tun. Gehen Sie in Ihren Momenten in ihr Zimmer, setzen Sie sich auf ihr Bett, schließen Sie die Augen und reflektieren Sie über sich selbst und das Universum selbst. Wenn ihr euch entspannt, werdet eure Probleme zurückgelassen und ihr werdet die Annäherung an die göttliche Verbindung bemerken. Versuchen Sie, sich auf das Licht am Ende des Tunnels zu konzentrieren. Dieses Licht gibt dir die Hoffnung, dass es möglich ist, die Fehler der Vergangenheit zu ändern, auszulöschen, sich selbst zu vergeben und Frieden mit Feinden zu schließen, indem man sie zu Freunden macht. Vergessen Sie die Kämpfe, den Groll, die Angst und die Zweifel. All dies steht Ihnen einfach im Weg. Wir sind am aktivsten, wenn wir uns gegenseitig verstehen und die Fähigkeit haben, weiterzumachen. Vielen Dank, dass Sie gesund sind und noch Zeit haben, die anstehenden Probleme zu lösen.

Wir sind Söhne des Vaters, wir wurden geschaffen, um dem Planeten zu helfen, sich zu entwickeln und auch glücklich zu sein. Ja, wir können alles haben, wenn wir es wert sind. Einige sind glücklich allein, andere neben einem Begleiter, andere durch die Ausübung einer Religion oder eines Glaubensbekenntnisses und andere, indem sie anderen helfen. Glück ist relativ. Vergessen Sie auch nie, dass es Tage der Verzweiflung und Dunkelheit geben wird und dass ihr in diesem Moment euren Glauben präsenter sein muss. Angesichts von Schmerzen ist es manchmal ziemlich kompliziert, einen Ausweg zu finden. Wir haben jedoch einen Gott, der uns nie im Stich lässt, auch wenn andere es tun. Sprich mit ihm und dann wirst du die Dinge besser verstehen.

Ändern der Routine

Die Welt von heute ist zu einem großen Wettlauf gegen die Zeit ums Überleben geworden. Wir verbringen oft mehr Zeit bei der Arbeit als mit unseren Familien. Das ist nicht immer gesund, aber es wird notwendig. Nehmen Sie sich die freien Tage, um Ihre Routine ein wenig zu ändern. Gehen Sie mit Freunden, Ehepartner, gehen Sie in Parks, Theater, klettern Berge, gehen Schwimmen im Fluss oder auf dem Meer, gehen Sie Verwandte besuchen, gehen Sie ins Kino, ins Fußballstadion, lesen Sie Bücher, fernsehen, surfen Sie im Internet und machen Sie neue Freunde. Wir müssen die routinemäßige Sicht der Dinge ändern. Wir müssen ein wenig von dieser riesigen Welt wissen und genießen, was Gott hinterlassen hat. Denkt, dass wir nicht ewig sind, dass in jedem Moment etwas passieren kann und ihr nicht mehr unter uns seid. Also lassen Sie nicht für morgen, was Sie heute tun können. Am Ende des Tages, vielen Dank für die Gelegenheit, am Leben zu sein. Das ist das größte Geschenk, das wir erhalten haben.

Weltungleichheit verskennt Gerechtigkeit

Wir leben in einer innigen, wettbewerbsfähigen und ungleichen Welt. Das Gefühl von Straflosigkeit, Liebeslosigkeit, Abneigung und Gleichgültigkeit ist überwiegend. Alles, was Jesus in der Vergangenheit gelehrt hat, wird die meiste Zeit nicht in die Praxis umgesetzt. Was bedeutet das? Wenn er so hart für eine bessere Welt kämpft, wenn wir sie nicht schätzen?

Es ist einfach zu sagen, dass man den Schmerz des anderen versteht, manchmal Solidarität und Mitgefühl hat, ein Bild im Internet oder sogar auf der Straße vor einem verlassenen Minderjährigen zu sehen. Es ist schwer, eine Haltung zu haben und zu versuchen, diese Geschichte zu ändern. Zweifellos ist das Elend der Welt sehr groß, und wir haben keine Möglichkeit, allen zu helfen. Gott wird das nicht von ihnen vor Gericht verlangen. Wenn Sie jedoch zumindest helfen können, wird ihr Nachbar bereits von guter Größe sein. Aber wer ist unser nächster? Es ist dein arbeitsloser Bruder, es ist dein trauriger Nachbar, der seine Frau verliert, es ist sein Mitarbeiter, der deine Führung braucht. Jeder Akt von eurem, so klein er auch sein wird, zählt im Aspekt der Evolution. Denken Sie daran: Wir sind das, was unsere Werke sind.

Versuchen Sie immer zu helfen. Ich werde eure Vollkommenheit nicht verlangen, das ist etwas, was es in dieser Welt nicht gibt. Was ich will, ist, dass du deinen Nächsten, meinen Vater und dich selbst liebst. Ich bin hier, um euch noch einmal zu zeigen, wie groß meine Liebe zur Menschheit ist, auch wenn sie es nicht verdient. Ich leide sehr unter menschlichem Elend und werde versuchen, es als Instrument meines guten Willens zu nutzen. Ich brauche jedoch Ihre Erlaubnis, um in Ihrem Leben handeln zu können. Bist du bereit, wirklich meinen Willen und den meines Vaters zu leben? Die Antwort auf diese Frage wird ein endgültiger Meilenstein in ihrer Existenz sein.

Die Kraft der Musik

Etwas sehr Entspannendes und das ich für die Reichweite von Frieden und menschlicher Evolution sehr empfehle, ist Musik zu hören. Durch den Text und die Melodie reist unser Geist und fühlt genau das, was der Autor durchmachen will. Oft befreit uns dies von all den Übeln, die wir im Laufe des Tages tragen. Der Druck der Gesellschaft ist so groß, dass wir oft von den negativen und neidischen Gedanken anderer getroffen werden. Musik befreit uns und tröstet uns, indem sie unseren Geist vollständig klärt.

Ich habe einen eklektischen Geschmack für Musik. Ich mag Forró, Rock, Funk, brasilianische Popmusik, internationale, romantische, Country oder jede gute Qualität Musik. Musik inspiriert mich und oft schreibe ich sie von ruhigen Musik Vorlieben. Tun Sie dies auch und Sie werden einen großen Unterschied in Ihrer Lebensqualität sehen.

Wie man das Böse bekämpft

Wir haben seit dem Fall des großen Drachen eine Dualität im Universum gelebt. Diese Realität spiegelt sich auch hier auf der Erde wider. Auf der einen Seite ehrliche Menschen, die leben und kooperieren wollen, und andere Bastarde, die das Unglück anderer suchen. Während die Kraft des Bösen die schwarze Magie ist, ist die Kraft des Guten das Gebet. Vergessen Sie nicht, sich Ihrem Vater mindestens einmal am Tag zu empfehlen, damit die Kraft der Dunkelheit Sie nicht trifft.

Wie Jesus gelehrt hat, fürchtet euch nicht vor dem Menschen, der sein Leben aus seinem Körper nehmen kann, ein Thema, das seine Seele verurteilen kann. Durch freien Willen kannst du den Ansturm von Feinden einfach ablehnen. Die Wahl für Gut oder Böse liegt bei Ihnen allein. Wenn du singst, beb dich nicht. Erkennen Sie Ihren Fehler und versuchen Sie nicht mehr zu verpassen.

Eine Haltung, die ich in meinem Leben hatte, veränderte meine Beziehung zum Universum und zu Gott völlig. Ich wünschte, dass der Wille des Herrn in meinem Leben vollbringen würde und dann der Heilige Geist handeln könnte. Von da an hatte ich nur noch Erfolg und Glück, weil ich gehorsam bin. Heute lebe ich in voller Gemeinschaft mit meinem Schöpfer und freue mich sehr darüber. Denken Sie daran, dass es Ihre Wahl ist.

Ich bin der Unverständliche

Wer bin ich? Woher kam ich? Wohin werde ich gehen? Was ist mein Ziel? Ich bin der Unverständliche. Ich bin der Geist des Nordens, der von dort nach hier ohne Richtung weht. Ich bin Liebe, der Glaube der Gerechten, die Hoffnung der Kinder, ich bin die helfende Hand der Bedrängten, ich bin der Rat, der gut gegeben ist, ich bin dein Gewissen, das die Gefahr warnt, ich bin derjenige, der die Seele belebt, ich bin Vergebung, ich bin Versöhnung, ich verstehe und werde immer an deine Genesung glauben, noch bevor die Sünde. Ich bin der Schössling Davids, der Erste und letzte, ich bin Gottes Vorsehung, die die Welten erschafft. Ich bin die kleine verträumte Knospe des Nordostens, die dazu bestimmt ist, die Welt zu erobern. Ich bin göttlich zum intimsten, zum Seher oder einfach zum Sohn Gottes von rechts. Ich kam auf Geheiß meines Vaters hinab, um sie wieder aus der Finsternis zu retten. Vor mir gibt es keine Macht, Autorität oder Tantiemen für ich bin der König der Könige. Ich bin dein Gott des Unmöglichen, der dein Leben verändern kann. Glauben Sie immer daran.

Probleme

Als göttlich kann ich alles tun und in menschlicher Form lebe ich mit Schwächen wie jede andere. Ich wurde in einer Welt der Unterdrückung, Armut, Not und Gleichgültigkeit geboren. Ich verstehe deinen Schmerz wie kein anderer. Ich kann tief in eurer Seele eure Zweifel und eure Angst vor dem, was kommen könnte, sehen. Im Bewusstsein dessen weiß ich genau, wie man ihnen am besten begegnen kann.

Ich bin dein bester Freund, derjenige, der jede Stunde an deiner Seite ist. Wir kennen uns vielleicht nicht oder ich bin körperlich nicht anwesend, aber ich kann durch Menschen und im Geist handeln. Ich will das Beste für dein Leben. Seien Sie nicht rebellisch und verstehen Sie den Grund für das Scheitern. Der Grund dafür ist, dass etwas auf etwas Besseres vorbereitet ist, etwas, das man sich nie vorgestellt hat. Das habe ich aus eigener Erfahrung gelernt. Ich erlebte einen intensiven Moment der Verzweiflung, in dem mir kein Lebewesen geholfen hat. Fast totale Abnutzung, mein Vater rettete mich und zeigte seine immense Liebe. Ich möchte den Rest der Menschheit zurückzahlen und es auch tun.

Ich weiß genau, was in deinem Leben vor sich geht. Ich weiß, manchmal fühlt es sich an, als ob niemand dich versteht und es fühlt sich einfach so an, als ob du allein bist. In diesen Momenten hilft es nicht, eine logische Erklärung zu suchen. Die Wahrheit ist, es gibt einen großen Unterschied zwischen menschlicher Liebe und meiner. Während erstere fast immer in ein Spiel der Interessen involviert ist, ist meine Liebe erhaben und überragend. Ich er erweckte euch, schenkte euch die Gabe des Lebens, und ich dämmere jeden Tag an eurer Seite durch meinen Engel. Ich kümmere mich um dich und deine Familie. Es tut mir sehr leid, wenn du leidest, und es wird abgelehnt. Wisst, dass ihr in mir nie ein Negatives bekommen werdet. In der Zwischenzeit bitte ich Sie, meine Pläne zu verstehen und zu akzeptieren. Ich habe das ganze Universum erschaffen und ich weiß mehr als du den besten Weg. Dazu nennen einige es ein Ziel oder eine Prädestination. Sosehr alles falsch zu sein scheint, alles hat einen Sinn und bewegt sich in Richtung Erfolg, wenn Sie es verdienen.

Hier ist unter euch jemand, der liebte und liebt. Meine ewige Liebe wird niemals vergehen. Meine Liebe ist voll und hat keine Ansprüche. Nur konsolidierte Werte eines guten Mannes. Wollen Sie mir keine Worte des Hasses, des Rassismus, der Vorurteile, der Ungerechtigkeit oder der Verachtung vorzumachen. Ich bin nicht dieser Gott, den sie malen. Wenn du mich treffen willst, lerne durch meine Kinder. Frieden und Gut für alle.

Bei der Arbeit

Es ist nicht gut, dass der Mann einen unbesetzten Geist hat. Wenn wir Müßiggang kultivieren, werden wir nicht aufhören, über die Probleme, die Unruhe, die Ängste, unsere Scham, die Enttäuschungen, die Leiden und die Inkonsistenz der Gegenwart und der Zukunft nachzudenken. Gott hat dem Menschen das Erbe der Arbeit hinterlassen. Abgesehen davon, dass es sich um eine Frage des Überlebens geht, füllt das Arbeiten unsere innerste Leere. Das Gefühl, für sich selbst und für die Gesellschaft nützlich zu sein, ist einzigartig.

Die Möglichkeit zu haben, in einem Job zu sein, professionell zu wachsen, die Beziehungen der Freundschaft und Zuneigung zu stärken und sich als Mensch zu entwickeln, ist ein großes Geschenk, das das Ergebnis ihrer zärtlicheren Bemühungen ist. Seien Sie glücklich darüber in Krisenzeiten. Wie viele Väter und Mütter wollten nicht in deinen Schuhen sein? Die Realität in unserem Land ist die zunehmende

Arbeitslosigkeit, Ungleichheit, um acht, Gleichgültigkeit und politische Gleichgültigkeit.

Machen Sie Ihren Teil. Bewahren Sie eine gesunde Umgebung bei der Arbeit, in der Sie einen Großteil Ihres Tages verbringen. Aber haben Sie nicht so viel Erwartungen und verwirren Sie die Dinge nicht. Freunde finden Sie in der Regel im Leben und bei der Arbeit nur Kollegen, mit Ausnahme seltener Ausnahmen. Wichtig ist, dass Sie Ihren Verpflichtungen, die Anwesenheit, Pünktlichkeit, Schnelligkeit, Effizienz, Verantwortung und Engagement beinhalten, strikt nachkommen. Seien Sie ein Beispiel für Verhalten innerhalb und außerhalb Ihrer Aufschlüsselung.

Reisen

Gott ist wunderbar, mächtig und unübertroffen. Für seine große Liebe wollte er Dinge schaffen, und durch sein Wort existierten sie. Alle materiellen, immateriellen, sichtbaren und unsichtbaren Dinge geben dem Schöpfer Ruhm. Unter diesen Dingen ist der Mann. Als einziger Punkt im Universum betrachtet, ist es in der Lage zu sehen, zu fühlen, zu interagieren, wahrzunehmen und zu realisieren. Wir sind hier, um glücklich zu sein.

Nutzen Sie die Möglichkeiten, die das Leben Ihnen bietet, und lernen Sie ein wenig von diesem Universum kennen. Sie werden von den kleinen und großen Naturwerken verzaubert sein. Spüren Sie die frische Luft, das Meer, den Fluss, den Wald, die Berge und sich selbst. Denken Sie über Ihre Einstellungen und Erfahrungen während Ihres Lebens nach. Glauben Sie mir, dies wird Ihnen Lebensqualität und ein Gefühl von unbeschreiblichem Frieden geben. Seien Sie jetzt glücklich. Lassen Sie es nicht für später, weil die Zukunft ungewiss ist.

Auf der Suche nach Rechten

Seien Sie ein vollwertiger Bürger, der Ihre Rechte vollständig lebt. Kennen Sie Genau Ihre Pflichten und Pflichten. Für den Fall, dass sie verletzt werden, können Sie vor Gericht Rechtsmittel einlegen. Auch wenn Ihre Bitte nicht erfüllt wird, wird ihr Gewissen klar und bereit sein, weiterzumachen. Denken Sie daran, dass die einzige Gerechtigkeit, die nicht scheitert, die göttliche ist und mit den richtigen Einstellungen wird ihr Segen kommen.

Glauben Sie an die volle Liebe

Heute leben wir in einer Welt, die von Interesse, Schlechtigkeit und Unverständnis beherrscht wird. Es ist demotivierend zu erkennen, dass das, was wir wirklich für uns wollen, nicht existiert oder absolut selten ist. Mit der Abwertung des Seins und der wahren Liebe gehen uns die Alternativen aus. Ich habe genug unter den Herausforderungen des Lebens gelitten und aus meiner Erfahrung glaube ich immer noch an eine Hoffnung, wenn auch vielleicht in weiter Ferne. Ich glaube, es gibt einen spirituellen Vater in einer anderen Ebene, der all unsere Taten beobachtet. Seine Arbeiten während seiner gesamten Karriere werden ein zukünftiges Glück neben einer besonderen Person Akkreditiv. Seien Sie optimistisch, ausdauernd und haben Sie Glauben.

Wissen, wie man eine Beziehung veraltet

Liebe ist göttlich. Dieses Gefühl als das Wollen des Wohlbefindens des anderen Individuums konzipiert. In dem Prozess, diese Phase zu erreichen, müssen Sie wissen. Wissen verzaubert, ernüchtert oder amorph. Zu wissen, wie man mit jeder dieser Phasen umgeht, ist die Aufgabe des guten Administrators. Mit einer Figur der Sprache kann Zuneigung mit einer Pflanze verglichen werden. Wenn wir es häufig wässern, wird es wachsen und gute Früchte und Blumen geben. Wenn wir sie verachten, versteht sie, verfällt und endet. In einer Beziehung zu sein kann etwas Positives oder Negatives sein, je nachdem, mit wem wir sind. Das Zusammenleben für ein Paar ist die große Herausforderung der Neuzeit. Wissen, dass Liebe allein nicht ausreichen, um eine Vereinigung zu verewigen, ist etwas, das breitere Faktoren beinhaltet. Er ist jedoch ein mächtiger Zufluchtsort in Zeiten der Angst und Verzweiflung.

Die Massage

Massage ist eine großartige Übung, die getan werden kann. Wer der Empfänger ist, hat die Möglichkeit, die Freude zu erleben, die durch die Entspannung der Muskeln verursacht wird. Es ist jedoch darauf zu achten, dass die Verhältnismäßigkeit der Reibung zwischen den Händen und dem bearbeiteten Bereich nicht übertreibt. Sie können das noch besser nutzen, wenn es einen Austausch zwischen zwei Menschen gibt, die sich lieben.

Die Übernahme moralischer Werte

Gute Anleitung ist unerlässlich, um ein Gefühl zu entwickeln, dass in der Lage ist, aufrichtige, realistische, gut genossene und wahre Verbindungen herzustellen. Wie das Sprichwort sagt, ist die Familie die Grundlage von allem. Wenn wir darin gute Eltern, Kinder, Brüder und Weggefährten sind, werden wir auch draußen sein.

Üben Sie eine Ethik von Werten, die Sie auf den Weg des Wohlbefindens führen können. Denken Sie an sich selbst, aber auch an das Recht des anderen immer mit Respekt. Versuchen Sie, glücklich zu sein, auch wenn ihr Geist schwächt und Entmutigung Sie. Niemand weiß wirklich, was passiert, wenn sie nicht handeln und es versuchen. Das Beste, was passieren kann, ist ein Misserfolg, und sie wurden gemacht, um uns zu trainieren und uns zu echten Gewinnern zu machen.

Den Geist eines wahren Freundes haben

Als Jesus auf der Erde war, hinterließ er uns ein Modell des Verhaltens und ein Beispiel, dem wir folgen sollten. Sein größter Akt war die Kapitulation am Kreuz für unsere Sünden. Darin liegt der Wert einer wahren Freundschaft, die ihr Leben für den anderen gibt. Wer würde das wirklich in deinem Leben für dich tun? Werfen Sie einen guten Blick. Wenn Ihre Antwort positiv ist, schätzen Sie diese Person und lieben Sie sie aufrichtig, weil dieses Gefühl selten ist. Verderben

Sie diese Beziehung nicht für irgendetwas. Erwidern Sie mit Taten und Worten ein wenig von dieser großen Liebe und glücklich sein.

Zu beachtende Maßnahmen

1. Tun Sie anderen, was Sie möchten, dass sie Ihnen antun. Dazu gehört, freundlich, wohltätig, freundlich, großzügig und bestrebt zu sein, andere nicht zu verletzen. Sie haben keine Dimension dessen, was sie aufgrund falscher Worte erleiden muss. Nutze diese Macht nur, um anderen Gutes und Trost zu spenden, weil wir nicht wissen, was das Schicksal für uns bereithält.
2. Seien Sie der Feind der Lügen und gehen Sie immer mit der Wahrheit. Soviel es tut, ist es besser, alles zu bekennen, was passiert ist. Rechtfertigen Sie sich nicht selbst oder erweichen Sie die Nachrichten. Seien Sie klar.
3. Stehlen Sie nicht, was vom anderen ist und kreuzen Sie sich nicht im Weg des Lebens anderer. Seien Sie fair und Kontofähigkeit. Kultivieren Sie nicht Neid, Verleumdung oder Lüge mit anderen.
4. Wir sind aller Teil eines Ganzen, das als Gott, Schicksal oder kosmisches Bewusstsein bekannt ist. Um Harmonie, Komplizenschaft und Gemeinschaft in der Beziehung zu erhalten, bedarf es enormer Anstrengungen, um sich von den Dingen der Welt fernzuhalten. Üben Sie immer Gutes aus und ihr Weg wird nach und nach zum himmlischen Vater zurückverfolgt. Wie ich gesagt habe, habe keine Angst vor irgendetwas. Im Gegensatz zu dem, was viele Religionen malen, ist mein Vater kein Henker oder Bigotte, er rühmt Liebe, Toleranz, Großzügigkeit, Gleichheit und Freundschaft. Jeder hat seinen eigenen Platz in meinem Reich, wenn er ihn verdient.
5. Haben Sie ein einfaches und sicheres Leben. Sammeln Sie keine materiellen Güter ohne Notwendigkeit und geben Sie nicht Extravaganzen nach. Alles muss im richtigen Maße sein. Wenn Sie reich oder reich sind, üben Sie immer die Kunst der Spende und

Nächstenliebe. Sie wissen nicht, was gut das für sich selbst tun wird.
6. Halten Sie Körper, Seele und Herz sauber. Geben Sie nicht den Versuchungen der Lust, Völlerei oder Faulheit nach.
7. Kultivieren Sie Optimismus, Liebe, Hoffnung, Glauben und Ausdauer. Geben Sie niemals Ihre Träume auf.
8. Wann immer Sie sich an sozialen Projekten der Gemeinschaft beteiligen können. Jede Aktion für die begünstigten Minderjährigen wird ihren Schatz im Himmel vergrößern. Bevorzugen Sie dies der Macht, dem Geld, dem Einfluss oder dem sozialen Status.
9. Gewöhnen Sie sich daran, Kultur in ihren verschiedenen Erscheinungsformen zu bewerten. Machen Sie Sightseeing mit Freunden, Kino, Theater und lesen Sie inspirierende Bücher. Die magische Welt der Literatur ist eine reiche und vielfältige Welt, die Ihnen viel Unterhaltung bringen wird.
10. Meditieren und reflektieren Sie Ihre Gegenwart und Zukunft. Die Vergangenheit spielt keine Rolle mehr, und selbst wenn deine Sünde so scharlachrot ist, könnte ich dir verzeihen und dir meine wahre Liebe zeigen.

Pflege der Fütterung

Die Pflege unseres Körpers ist für uns wichtig, um gut zu leben. Eines der grundlegenden und vielen wichtigen Dinge ist das Essen. Eine ausgewogene Ernährung ist der beste Weg, um Krankheiten zu vermeiden. Erwerben Sie gesunde Gewohnheiten und essen Sie Lebensmittel reich an Vitaminen, Mineralien, Ballaststoffen und Proteinen. Es ist auch wichtig, nur das zu essen, was zum Überleben zur Vermeidung von Abfällen notwendig ist.

Tipps für ein langes und gut leben

1. Halten Sie Körper und Geist immer aktiv.
2. Dating.
3. Kultivieren Sie Ihren Glauben in Bezug auf andere.

4. Solide und großzügige Werte des gesellschaftlichen Zusammenlebens zu haben.
5. Essen Sie mäßig.
6. Haben Sie eine angemessene Übungsroutine.
7. Schlafen Sie gut.
8. Empfindlich sein.
9. Wach früh auf.
10. Reisen Sie viel.

Tanz

Tanz ist eine notwendige Übung für das Wohlbefinden des Einzelnen. Hilft, das Altern zu bekämpfen, bei Rückenproblemen und Fortbewegung, erhöht die Positivität. Die Integration in jede Melodie ist nicht immer eine einfache, aber angenehme und lohnende Aufgabe. Haben Sie eine Gewohnheit in dieser Übung und versuchen Sie, glücklich zu sein.

Fasten

Fasten ist an heiligen Tagen oder wenn wir Versprechungen machen, Seelen zu helfen, die in der Geisterwelt in Schwierigkeiten sind. Sobald sie jedoch fertig sind, wird empfohlen, die Kräfte durch die Einnahme gesunder und vielfältiger Lebensmittel neu zu komponieren.

Das Konzept Gottes

Gott hat nicht begonnen und wird kein Ende haben. Es ist das Ergebnis der Vereinigung der schöpferischen Kräfte des Guten. Es ist in allen Werken seiner Schöpfung präsent, die mit ihnen durch den mentalen reflexiven Prozess kommunizieren, was viele das „Innere Selbst" nennen.

Gott kann nicht in menschlichen Worten definiert werden. Aber wenn ich könnte, würde ich sagen, dass es Liebe, Brüderlichkeit, Geben, Nächstenliebe, Gerechtigkeit, Barmherzigkeit, Verständnis, Gerechtigkeit und Toleranz ist. Gott ist bereit, ihn in sein Reich aufzunehmen, wenn du es verdienst. Erinnern Sie sich an etwas wirklich Wichtiges: Sie haben nur das Recht, im Himmelreich auszuruhen, das von Ihren Werken, Ihren Brüdern, ausgeruht ist.

Verbesserungsschritte

Die Erde ist eine Welt der Sühne und des Beweises für den Fortschritt der Menschen. Diese Phase unseres Daseins muss von unseren guten Taten geprägt sein, damit wir eine befriedigende spirituelle Dimension leben können. Indem er die Fülle der Vollkommenheit erreicht, wird der Mensch Teil der kosmischen Dimension oder einfach als Gott konzeptualisiert.

Eigenschaften des Geistes

1. Guter Wunsch sollte gefördert und wirksam in die Praxis umgesetzt werden.
2. Denken ist eine schöpferische Kraft, die befreit werden muss, damit der schöpferische Geist gedeihen kann.
3. Träume sind Zeichen dafür, wie wir die Welt sehen. Sie können auch Botschaften von den Göttern in Bezug auf die Zukunft sein. Es ist jedoch notwendig, in der Realität zu bleiben, um konkrete Ergebnisse zu erzielen.
4. Diskretion, Wissen und Loslösung von materiellen Dingen müssen in den Köpfen aller gearbeitet werden, die Evolution suchen.
5. Das Gefühl eines Teils des Universums ist das Ergebnis eines Prozesses der Verbesserung und des Bewusstseins. Wissen, wie Sie Ihre innere Stimme erkennen.

Wie soll ich mich fühlen?

Danke für das Geschenk des Lebens und für alles, was dein Vater dir gegeben hat. Jede Errungenschaft, jeder gelebte Tag muss gefeiert werden, als gäbe es keinen anderen. Verharmlosen Sie sich nicht selbst und wissen Sie, wie Sie Ihre Rolle in der Dimension des Kosmos erkennen können. Meine Eltern sehen sie trotz ihrer Begrenzung und ihres Unglaubens mit einem Blick von Größe. Machen Sie sich der guten Dinge würdig.

Machen Sie wie der kleine Träumer das Inland von Pernambuco bekannt als Göttlich. Trotz aller Herausforderungen und Schwierigkeiten, die das Leben mit sich bringt, hörte er nie auf, an eine größere Kraft und an seine eigenen Möglichkeiten zu glauben. Glauben Sie immer an die Hoffnung, denn Gott liebt uns und will, was für uns am besten ist. Versuchen Sie jedoch, Ihren Teil zu diesem Prozess zu leisten. Seien Sie aktiv in Ihren Projekten und Träumen. Leben Sie jeden Schritt vollständig und wenn er fehlschlägt, lassen Sie sich nicht entmutigen. Der Sieg wird durch verdient kommen.

Die Rolle der Bildung

Wir sind Wesen, die bereit sind, uns weiterzuentwickeln. Von der Empfängnis, der Kindheit bis hin zur Inklusion in der Schule selbst sind wir in der Lage, zu lernen und mit anderen in Beziehung zu treten. Diese Interaktion ist notwendig für unsere Entwicklung im Allgemeinen. An diesem Punkt spielen Lehrer, Eltern, Freunde und jeder, den wir kennen, eine Schlüsselrolle beim Aufbau einer Persönlichkeit. Wir müssen die nützlichen Dinge absorbieren und die Bösen ablehnen, indem wir den richtigen Weg zum Vater gehen.

Schlussfolgerung

Ich schließe hier diesen ersten Text auf der Suche nach den Religionen zu kennen. Ich hoffe, dass Sie aus meiner Sicht gute Lehren assimiliert haben, und wenn es hilft, auch wenn es nur eine Person ist, werde ich auch angesichts der Zeit, die bei ihrer Herstellung verwendet wird, geben. Eine Umarmung für alle Erfolg und Glück.

DER WEG ZUM LEBEN

Gewinnen durch Glauben

Sieg über spirituelle und fleischlich Feinde

So sagt der HERR: „Denen, die meinen Geboten recht folgen, indem sie die tägliche Kunst des Guten praktizieren, verspreche ich ständigen Schutz vor meinen Feinden. Selbst wenn eine Menge oder sogar die ganze Hölle sich gegen euch wirft, werdet ihr nichts Böses fürchten, denn ich Beo buntere euch. Durch meinen Namen werden zehntausend zu deiner Rechten fallen und hindert mich zu deiner Linken, aber dir wird nichts geschehen; denn mein Name ist der HERR.

Diese emblematische Botschaft Gottes genügt, um uns angesichts des Zornes der Feinde in jeder Situation ruhig zu lassen. Wenn Gott für uns ist, wer wird dann gegen uns sein? Tatsächlich gibt es nirgendwo im Universum einen Größeren als Gott. Alles, was im Buch des Lebens steht, wird geschehen, und sicherlich wird euer Sieg kommen, Bruder. Der Triumph der Ungerechten ist Stroh, aber der Weizen wird für immer bleiben. Lassen Sie uns also mehr Glauben haben.

Die Mensch-Gott-Beziehung

Der Mensch wurde die Verwaltung des Landes gegeben, damit er es Frucht bringen und gedeihen konnte. Wie Jesus uns gelehrt hat, muss unsere Beziehung zu Gott von Vater zu Sohn sein, und deshalb schämen wir uns nicht, uns ihm zu nähern, auch wenn die Sünde ihn ängstlich macht. Der HERR schätzt das gute Herz, den fleißigen Mann, den, der danach strebt, sich immer zu verbessern, damit er dem Weg der permanenten Evolution folgen kann.

Im Moment der Sünde ist es am besten, darüber nachzudenken, was sie verursacht hat, damit sich der Fehler nicht noch einmal wiederholen kann. Die Suche nach alternativen Wegen und die Suche nach neuen Erfahrungen tragen immer zu unserem Lehrplan bei, der uns die Menschen auf das Leben vorbereitet.

Der Hauptpunkt all dies ist es, euer Leben für das Wirken des Heiligen Geistes zu öffnen. Mit seiner Hilfe können wir ein Niveau erreichen, von dem wir sagen können, dass es mit guten Dingen verbunden ist. Dies wird Gemeinschaft genannt, und es ist notwendig und befreit, damit es vollständig gelebt werden kann. Die Dinge der körperlichen Welt aufzugeben und das Böse in euch zu leugnen, sind notwendige und wirksame Bedingungen, um in einer sich verändernden Welt wiedergeboren zu werden. Wir werden Spiegel des auferstandenen Christi sein.

Glaubt an den HERRN im Schmerz

Wir leben in einer Welt der Sühne und des Beweises, die uns ständig in Schmerz macht. Wir leiden unter einer verlorenen oder unerwiderten Liebe, leiden für den Verlust eines Familienmitglieds, leiden unter finanziellen Problemen, leiden unter dem Missverständnis des anderen, leiden unter der Gewalt, die durch menschliche Schlechtigkeit verursacht wird, wir leiden still wegen unserer Schwächen, Sehnsucht, Krankheiten und Todesangst, wir leiden unter Niederlagen und traurigen Tagen, an denen wir verschwinden wollen.

Mein Bruder, da schmerzt für diejenigen, die in dieser Welt leben, unvermeidlich ist, müssen wir uns an den HERRN und seinen Sohn Jesus Christus klammern. Letzterer fühlte sich auf der Haut als Mann alle Arten von Unsicherheiten, Ängsten, Unglücken und doch nie aufgegeben, glücklich zu sein. Lassen Sie uns auch so sein, jeden Tag mit dem Gefühl leben, dass Sie es besser und mit einer Chance auf Fortschritt machen können. Das Geheimnis ist, immer weiterzumachen und ihn um Hilfe zu bitten, um unsere Kreuze zu tragen. Der Allmächtige wird eure Aufrichtigkeit und Bekehrung belohnen und euer Leben in ein Meer von Freuden verwandeln. Es geht nicht darum, den Ausschluss von Schmerzen zu gewährleisten, sondern zu wissen, wie wir so zusammenleben können, dass sie unsere fröhliche Stimmung nicht beeinträchtigen. Und so kann das Leben ohne größere Probleme weitergehen.

Ein ehrlicher Mann des Glaubens sein

Der wahre Christ folgt unter allen Umständen dem Beispiel Jesu. Zusätzlich zu den gebotenen Geboten haben Sie eine Vorstellung vom Evangelium, vom Leben selbst, vom Bösen und von der Gefahr der Welt, und Sie wissen, wie man am besten handeln kann. Der Christ muss ein Beispiel für einen Bürger sein, denn es gibt Regeln, die im sozialen Bereich befolgt und eingehalten werden müssen. Eine Sache ist der Glaube und eine andere Sache ist der Respekt vor Ihrem Partner.

Was der HERR will, ist, dass der Mensch auch sein Bürger ist und nicht nur die Welt. Dazu muss man ein guter Vater sein, ein guter Sohn, ein guter Ehemann, ein treuer Freund, ein im Gebet geweihter Diener, ein Mann oder eine Frau, die für die Arbeit lebt, weil Müßiggang die Werkstatt des Teufels ist. Dem Thema Jahwe verpflichtet, kann der Mensch einen wichtigen Schritt in Richtung Glücklichsein und *Sieg durch Glauben*! Eine große Umarmung an alle und sehen Sie das nächste Mal.

Die Christusse

Die Mission des Menschen

Die Erde wurde geschaffen, um Leben in Hülle und Fülle zu beherbergen, sowie andere Sterne, die über die unzähligen Teile des Universums verstreut sind. Jahwe Gott, die gefestigte Liebe, wollte durch Kraft, Kraft, Süße und Gnade Menschen zu schaffen, besondere Geschöpfe, die das Vorrecht haben, sein Abbild und Gleichnis zu sein.

Aber die Tatsache, dass es ihr Bild und Abbild sind, bedeutet nicht, dass sie die gleiche Essenz haben. Während der HERR alle Prädikate der Vollkommenheit besitzt, ist der Mensch von naturgemäß fehlerhaft und sündig. Gott wollte also seine Größe zeigen, er liebte uns so sehr, dass er uns den freien Willen gab, indem er die Schlüsselelemente zur Verfügung stellte, damit wir den Weg des Glücklichseins für uns finden konnten.

Wir kommen zu dem Schluss, dass die Vollkommenheit auf Erden seit ewigen Jahren nie erreicht wurde, was einige alte Legenden bestimmter Religionen niederlegt. Wir leben die Dualität, eine Grundvoraussetzung für das Bestehen als Mensch.

Nun kommt die Frage: Was ist der Sinn der Schöpfung des Universums und des Lebens selbst? Jahwe und seine Pläne sind den meisten Menschen unbekannt, viele von ihnen erkennen nicht einmal, was um sie herum geschieht. Wir können sagen, dass mein Vater für immer und ewig lebt, zwei Kinder gezeugt hat, die Vormenschen Jesus und göttlich, schufen die himmlischen Sterne, die die ersten von ihnen genannt kalenquer. Auf diesem Planeten mit ähnlichen Aspekten wie die gegenwärtige Erde schufen die Engel, die die zweiten in der Reihenfolge der universellen Bedeutung sind. Danach reiste er durch das Universum, um das Geheimnis der Schöpfung fortzusetzen, und überließ seine Autorität in den Händen von Jesus, göttlich und Michael (einem sehr engagierten Diener). Das war vor etwa fünfzehn Milliarden Jahren.

Von dieser Zeit bis zur Gegenwart wurde das Universum so verändert, dass die ursprüngliche Schöpfung nicht einmal erkannt wird. Der Sinn des Lebens, der eine der Zusammenarbeit, der Einheit, der Nächstenliebe, der Liebe, der Spende und der Befreiung ist, hat sich in Streit, Neid, Unwahrheit, Feindschaft, Verbrechen, Verwüstung der natürlichen Ressourcen, Liebe zu Geld und Macht, Individualismus und die Suche nach dem Sieg um jeden Preis verwandelt.

Das ist, wo ich hinwill. Ich bin der Sohn des geistlichen Herrn und bin auf die Erde gekommen, um eine notwendige Mission zu erfüllen. Ich möchte meine Brüder zum Sprungzettel meines Vaters und zu meinem Reich rufen. Wenn Sie meine Einladung annehmen, verspreche ich eine ständige Hingabe an Ihre Anliegen und höchstes Glück. Was verlangt Gott dafür von euch?

Sei der Christ

Vor etwa zweitausend Jahren hatte die Erde das Privileg, den Erstgeborenen Gottes zu empfangen. Jesus Christus wurde von seinem

Vater gesandt, um das wahre Wort Gottes zu bringen und unsere Sünden zu erlösen. Durch sein Beispiel hat Jesus in seinen dreiunddreißig Jahren die Grundfesten des vollkommenen Menschen gegraben, der Gott gefällt. Jesus kam, um grundlegende Punkte in der Beziehung des Menschen zu Gott zu klären.

Der Hauptpunkt des Lebens des Messias war sein Mut, sich dem Kreuz zu ergeben, indem er als Opfer für die sündige Menschheit diente. „Der wahre Freund ist derjenige, der sein Leben vorbehaltlos für den anderen gibt, und Christus war ein lebendiges Beispiel dafür."

Aufgeben, aufgeben durch den Bruder, die Einhaltung der expliziten und impliziten Gebote in den heiligen Büchern und Gutes zu tun sind immer Voraussetzung, um das Reich Gottes zu erben. Dies ist das Reich Jesu, mein und alle Seelen des Guten, jeder an seinem verdienten Platz.

Kultivieren Sie gesunde, angenehme und menschliche Werte, indem Sie in der kontinuierlichen Evolution des Universums helfen, und Sie werden einen guten Samen in Richtung des ewigen Reiches pflanzen. Bleiben Sie weg von schlechten Einflüssen und unterstützen Sie einige Ihrer Praktiken nicht. Wissen, wie man Gutes vom Bösen unterscheidet.

Die Welt, in der wir leben, ist eine Welt der Erscheinungen, in der es sich lohnt, mehr zu haben als zu sein. Machen Sie es anders. Seien Sie die Ausnahme und schätzen Sie, was es wirklich wert ist. Sammle Schätze am Himmel, wo Diebe nicht stehlen oder die Motte und Rost korrodieren.

Nach allem, was mit guten Platzierungen gesprochen wurde, ist es an einer persönlichen Reflexion und einer sorgfältigen Analyse Ihrerseits. Es ist eure freie Wahl, euch in dieses Reich zu integrieren oder nicht, aber wenn eure Entscheidung zufällig ein Ja ist, das von mir und von allen himmlischen Kräften umarmt wird. Wir werden diese Welt zu einer besseren Welt machen, indem wir immer das Gute und den Frieden fördern. Sei einer der „Christus". In der zukünftigen Welt, Gott will, werden wir mit dem Vater in völliger Harmonie und Freude zusammen sein. Bis zum nächsten Mal. Der HERR sei mit dir.

Die beiden Wege
Die Wahl

Die Erde ist eine natürliche Umgebung, in der Menschen in die Lage versetzt wurden, miteinander zu interagieren, zu lernen und entsprechend ihren Erfahrungen zu lehren. Mit der Kraft des freien Willens wird der Mensch immer mit Situationen konfrontiert, die einer Entscheidungsfindung bedürfen. Zu diesem Zeitpunkt gibt es keine magische Lösungsformel, sondern eine Analyse von Alternativen, die nicht immer zufriedenstellende Ergebnisse bringen.

Die Fehler, die bei diesen Entscheidungen gemacht werden, machen uns einen kritischeren Geist und einen offeneren Geist, sodass wir in Zukunft mehr Treffer bei zukünftigen Entscheidungen haben werden. Es ist die sogenannte Erfahrung der Ursache, die erst im Laufe der Zeit erreicht wird.

Es ist sehr klar während unserer Flugbahn auf der Erde, dass es zwei Stränge gibt, die im Universum wirken: Eine bösartige und eine gutartige. Obwohl niemand miserabel oder gut ist, sind unsere vorherrschenden Handlungen, die unsere Seite in diesem Streit entschieden werden.

Meine Erfahrung

Ich bin der Sohn des geistlichen HERRN, bekannt als Messias, Göttlich, Sohn Gottes oder einfach Seher. Ich wurde in einem Dorf im Inneren des Nordostens geboren und das gab mir die Möglichkeit, mit den schlimmsten Übeln der Menschheit in Kontakt zu kommen.

Entscheidungen haben sicherlich ein großes Gewicht in unserem Leben und vor allem auf unsere Persönlichkeit. Ich bin der Sohn von Landwirten, ich bin mit guten Werten aufgewachsen und habe sie immer Buchstabentreue verfolgt. Ich bin in Armut aufgewachsen, aber es hat mir nie an Freundlichkeit, Großzügigkeit, Ehrlichkeit, Charakter und Liebe zu anderen gefehlt. Trotzdem war ich nicht vor dem schlechten Wetter gerettet.

Mein bescheidener Zustand war eine große Geißel: Ich hatte kein Geld für richtiges Essen, ich hatte nicht genug finanzielle Unterstützung in meinem Studium, ich wurde drinnen mit wenig sozialer Interaktion aufgezogen. Obwohl alles schwierig war, beschloss ich, diese Strömung auf der Suche nach besseren Tagen zu bekämpfen, da meine erste wichtige Wahl war.

Es war überhaupt nicht einfach. Ich litt sehr, manchmal verlor ich die Hoffnung, ich gab auf, aber etwas tief unten sagte, dass Gott mich unterstützte und mir einen Weg voller Errungenschaften bereitete.

In dem Augenblick, in dem ich mich schon aufgegeben hatte, handelte der HERR Gott und errettete mich. Er hat mich als Sohn adoptiert und mich vollständig auferstanden. Von dort aus beschloss er, in mir zu leben, um das Leben der nächsten Menschen zu verändern.

Es liegt an uns

Das Böse und mein persönliches Leid waren Lektionen, die ich mein ganzes Leben lang nehme. Ich habe mich durch Licht entschieden, hier auf Erden Gutes zu tun und meinen Platz im göttlichen Reich gesichert zu haben. Die Verheißung ist, dass ich mit Jesus regieren werde.

Genau wie er es mir angetan hat, kann mein Vater es auch für dich tun, Bruder. Alles, was es braucht, ist die Einstellung und der aufrichtige Wille, sich zu ändern. Gib die Welt auf und lebe für den Schöpfer, den, der dich wirklich liebt.

Bei allem, was ich gelebt habe, kann ich sagen, dass es sich lohnt, in Frieden mit sich selbst, mit der Familie und mit dem Nächsten im Allgemeinen. Ob von jeder Religion, die Wahl für ein Leben, das Gott gewidmet ist und folglich die Praxis des Guten ist die beste Wahl, die Sie treffen können.

Vergeude keine Zeit mehr, verändere, kehre aus deinem dunklen Leben heraus und komme auf die Seite des Guten. Das Reich Gottes versucht, alle seine Kinder für ein Leben voller Glück zu verdienen. Nachdem Sie die Versöhnung mit Ihrem Vater erreicht haben, bringen Sie Ihre Eltern, Geschwister und Verwandten mit. Machen Sie einen Unterschied. Ich garantiere, dass Sie nicht mehr gleich sein werden.

Nun, ich schätze Ihre Aufmerksamkeit bisher. Eine große Umarmung, Glück und Erfolg in Ihren Bemühungen. Bleiben Sie bei Gott.

Ziel

Königreich des Lichts, Oktober 1982

Der höhere Rat traf sich eilig, um über eine wichtige Frage zu beraten: Was wäre der Geist, der für eine Arbeit verantwortlich wäre? Eines der Mitglieder nahm das Wort, indem es verkündete:

Diese Aufgabe ist notwendig. Wir müssen jemanden wählen, der unser volles Vertrauen hat und der auf die Herausforderung des Lebens auf der Erde vorbereitet ist.

Zwischen den Mitgliedern begann eine hitzige Diskussion, die jeweils mit seinem Vorschlag begann. Da sie keine Einigung erzielt haben, wurde eine schnelle Abstimmung durchgeführt, bei der der gewählte Vertreter gewählt wurde. Der Geist x und der Erzengel y wurden zu ihrem Schutz ausgewählt.

Als die Wahl getroffen war, atmete der HERR und die Geister wurden auf die Erde gesandt. Eine für einen fleischlichen Körper und eine für einen spirituellen Körper, der in der Lage ist, in der Umwelt der Erde zu überleben. So kamen göttlich und sein geliebter Erzengel auf die Erde und das ist der ähnliche Prozess für jeden auserwählten Menschen. Wir alle haben die göttliche Essenz.

DER WEG ZUM LEBEN

Die Mission

Göttlich wurde geboren und wuchs inmitten erstaunlicher Schwierigkeiten irgendwo im Bundesstaat Pernambuco auf. Intelligenter und freundlicher Junge war schon immer hilfreich für die Menschen im Allgemeinen. Selbst das Leben mit Vorurteilen, Elend und Gleichgültigkeit hat das Leben nie aufgegeben. Dies ist eine große Errungenschaft angesichts der politischen und sozialen Bestürzung, in die der Nordosten eingefügt wird.

Im Alter von 23 Jahren lebte er mit der ersten großen finanziellen und persönlichen Krise. Die Probleme führten ihn dazu, den Felsen boten-zudrücken, eine Periode, die die dunkle Nacht der Seele genannt wurde, wo er Gott und seine Prinzipien vergaß. Göttlich fiel ohne Unterbrechung auf eine bodenlose Klippe, bis sich etwas änderte: In dem Moment, als er zu Boden fiel, handelte der Engel des Herrn und befreite ihn. Ruhm dem HERRN!

Von da an begann sich etwas zu ändern: Er bekam einen Job, begann das College und begann für die Therapie zu schreiben. Obwohl die Situation nach wie vor schwierig war, hatte sie zumindest Aussichten auf Besserung.

In den nächsten vier Jahren beendete er das College, wechselte den Job, hörte auf zu schreiben und begann mit einer Fortsetzung seines Geschenks, das sich zu entwickeln begann. So begann die Saga des Sehers.

Die Bedeutung des Sehens

Göttlich, die Psyche, behandelte sich in einer privaten medizinischen Klinik mit einem berühmten Parapsychologen. Nach einer langen Behandlung von sechs Monaten endete schließlich in der zwölften Sitzung. Ich werde die Sitzung unten zusammenfassend transkribieren:

Im Zentrum von Atalanta, dem Hinterland von Pernambuco, befand sich die Klinik von St. Lawrence, ein einfaches einstöckiges Gebäude, das in der Mitte der Gebäude der Hauptstadt des Hinterlandes verloren ging. Göttlich war um acht Uhr morgens angekommen und da der Arzt sofort versorgt wurde. Beide gingen in ein privates Zimmer und als sie dort ankamen, gingen Göttlich und Arzt Hector Magen Kopf an Kopf. Dieser initiierte den Kontakt:

„Ich habe gute Nachrichten. Ich entwickelte eine Substanz, die in der Lage ist, Ihre spirituellen elektrischen Impulse durch mein Gerät in beschreibbare fotochemische Einheiten umzuwandeln. Je nach Ergebnis werden wir zu einer endgültigen Schlussfolgerung kommen.

„Ich habe Angst. Ich möchte jedoch die ganze Wahrheit wissen. Geht voran, Doktor.

Das ist geil.

Doktor Hector Magen mit einem Schild brachte Göttlich einem seltsamen, kreisförmigen, umfangreichen Gerät voller Beine und Drähte näher. Das Gerät hatte wie ein manueller Leser und sanft half der Parapsychologe dem jungen Mann, seine Hände zu posten. Der Kontakt erzeugte einen heftigen Schock in Göttlich und die Ergebnisse erschienen auf einem Sucher auf der anderen Seite. Sekunden später zog Göttlich seine Hand zurück und der Arzt druckte das Ergebnis automatisch.

Im Besitz der Prüfung machte er ein Gesicht der Freude und kehrte zurück, um zu kommunizieren:

„Das habe ich vermutet. Die Visionen, die ihr habt, sind Teil eines natürlichen Prozesses, der mit einem anderen Leben verbunden ist. Ihr Ziel ist es nur, Sie auf dem Weg zu führen. Keine Kontraindikationen.

„Du meinst, ich bin normal?

„Senkrechte. Nehmen wir an, Sie sind etwas Besonderes und Einzigartiges auf dem Planeten. Ich denke, wir können hier aufhören. Ich bin zufrieden.

„Vielen Dank für ihr Engagement und ihr Engagement für meine Sache. Freundschaft bleibt.

„Ich sage dasselbe. Viel Glück, Sohn Gottes.

„Auch für dich, auf Wiedersehen.

Auf Wiedersehen.

Trotzdem gingen die beiden regelrecht weg. Dieser Tag markierte die Offenbarung von göttlichen Visionen und von dort aus würde sein Leben dem normalen Verlauf folgen.

Mit der Offenbarung über die Visionen beschloss Göttlich, die Arbeit fortzusetzen und nahm das Schreiben wieder auf. Wegen seiner Gabe nannte er sich „Der Seher" und begann, die gleichnamige Literarische zu bauen. Alles, was er bisher gebaut hatte, zeigte ihm, wie würdig es war, für eine Mission zu arbeiten, die der HERR selbst anvertraut hatte.

Göttlich blickt derzeit optimistisch auf das Leben. Auch wenn das Leben ihm immer noch Überraschungen predigt, bleibt er bei seinen Zielen, indem er den Wert und glauben seiner Person zeigt. Er ist ein Beispiel dafür, dass das Leben und seine Schwierigkeiten nicht zerstört wurden.

Das Geheimnis seines Erfolgs liegt im Glauben an eine größere Kraft, die alles antreibt, was existiert. Bewaffnet durch diese Kraft ist es dem Menschen möglich, Barrieren zu überwinden und sein Schicksal in den Lebensadern zu erfüllen.

Das Geheimnis ist: „Das Leben mit Freude, mit Glauben und Hoffnung zu leben. Verwandeln Sie einen Teil seiner Arbeit für das ganze Universum und das ist es, was Göttlich mit seiner Literatur machen will."

Viel Glück für ihn und für alle, die zur Kultur dieses Landes beitragen. Viel Glück für alle und eine liebevolle Umarmung.

Authentizität in einer verdorbenen Welt
Traurigkeit in schwierigen Zeiten

Die Ungerechten gehen zugrunde und versuchen meistens, Gott und anderen die Schuld zuzuschieben. Er erkennt nicht, dass er die Früchte seiner Arbeit, seines Wahnsinns beim Versuch, widerspenstig und voller Laster zu leben, wieder aufnimmt. Der Rat ist, dass ich mir keine Sorgen um den Erfolg anderer mache oder ihn beneide. Versuchen Sie, Ihren eigenen Weg durch gute Werke zu verstehen und zu finden. Seien Sie ehrlich, wahr und authentisch über allem, und dann wird der Sieg durch verdient kommen. Diejenigen, die ihr Vertrauen in den HERRN setzen, werden in kürzester Zeit enttäuscht herauskommen.

Leben in einer verdorbenen Welt

Die Welt von heute ist sehr dynamisch, wettbewerbsfähig und voller Gewalt. Heute gut zu sein, ist eine echte Herausforderung. Oft erleben Gläubige Situationen des Verrats, der Lüge, des Neids, der Gier, der Lieblosigkeit. Mein Vater sucht das Gegenteil davon: Freundlichkeit, Zusammenarbeit, Nächstenliebe, Liebe, Entschlossenheit, Kralle und Glaube. Treffen Sie Ihre Wahl. Wenn Sie gutes wählen, verspreche ich Ihnen Hilfe in all ihren Gründen. Ich werde meinen Vater um seine Träume bitten, und er wird mir zuhören, weil denen, die an Gott glauben, alles möglich ist.

Kultivieren Sie verfestigte Werte, die Ihnen Sicherheit und Freiheit geben. Ihr freier Wille sollte für Ihren Ruhm und ihr Wohlbefinden genutzt werden. Entscheide dich, ein Apostel des Guten zu sein. Wenn ihr jedoch den Weg der Finsternis geht, werde ich euch nicht helfen können. Ich werde traurig sein, aber ich werde jede Entscheidung von Ihnen respektieren. Du bist völlig frei.

Vor einem Meer aus Schlamm ist es möglich, gutes Wasser zu filtern und das ist, was ich mit Ihnen tun möchte. Die Vergangenheit spielt keine Rolle mehr. Ich werde dich zum Mann der Zukunft machen: Glücklich, ruhig und erfüllt. Wir werden für immer glücklich sein vor Gott, dem Vater.

Solange das Gute existiert, wird die Erde

Machen Sie sich keine Sorgen über die astronomischen Vorhersagen über das Ende des Lebens auf der Erde. Hier ist jemand, der größer ist als sie. Solange es Gutes auf der Erde gibt, wird das Leben so bleiben, wie ich es wünsche. Im Laufe der Zeit breitet sich das Böse auf der Erde aus und verunreinigt meine Plantagen. Es wird eine Zeit kommen, in der alles vollendet wird und die Trennung zwischen Gut und Böse gemacht wird. Mein Reich wird über euch kommen und den Erfolg der Gläubigen zulassen. An diesem Tag des Herrn werden die Schulden und die Verteilung der Gaben bezahlt werden.

Mein Reich ist ein Reich der Freuden, in dem Gerechtigkeit, die Souveränität des Vaters und das gemeinsame Glück vorherrschen werden. Jeder, ob groß oder klein, wird sich seiner Herrlichkeit beugen. Amen.

Die Gerechten werden nicht erschüttert

Inmitten von Stürmen und Erdbeben sei nicht das Ich. Vor euch gibt es einen starken Gott, der euch unterstützen wird. Seine Authentizität, Ehre, Treue, Großzügigkeit und Güte retteten ihn. Ihre brüderlichen Taten werden sie vor die Großen führen, und ihr werdet alles Weise angesehen werden. Im Leben habt ihr genug gezeigt, um gerechtfertigt und erhöht zu sein. Lebendig!

Seien Sie die Ausnahme

Siehe, ich bin rechtschaffen, ich gehe mit Integrität, ich tue Gerechtigkeit, ich spreche die Wahrheit, ich verleumde nicht, und ich schade anderen nicht. Ich bin die Ausnahme in einer Welt, in der Macht, Prestige, Einfluss und äußere sanieren. Darum bitte ich euch, Herr, beschütze mich mit euren Flügeln und euren Schild vor all meinen Feinden. Möge meine Authentizität Früchte tragen und mich zu den Großen machen, indem sie es verdient.

Diejenigen, die Rechtschaffenheit und Gesetz verachten, kennen weder sie noch Ihre Gebote. Diese werden aus eurer Scheune genommen und in den See des Feuers und des Schwefels geworfen, wo sie Tag und Nacht ohne Unterlass für ihre Sünden bezahlen werden. Jeder, der Ohren hat, der zuhört.

Meine Festung

Meine Stärke ist mein Glaube und meine Werke zeugen von meiner Güte. Ich kann nicht genug bekommen, um anderen aus freiem Willen zu helfen. Ich bekomme nichts dafür, mein Preis wird vom Himmel kommen. Am Tag des Herrn, wenn ich mich in euren Armen versammele, werde ich den Beweis dafür haben, dass meine Bemühungen sich gelohnt haben.

Mein Gott ist der Gott des Unmöglichen, und sein Name ist DER HERR. Er hat unzählige Wunder in meinem Leben getan und behandelt mich wie einen Sohn. Gesegnet sei dein Name. Schließt euch auch uns in dieser Kette des Guten an: Helfe den Bedürftigen und Kranken, hilf den Bedürftigen, belehre die Unwissenden, gebe guten Rat, gebe denen, die nicht zurückzahlen können, und dann werde dein Lohn groß sein. Sein Aufenthaltsort wird im Himmelreich vor meinem Vater und mir sein, und dann wirst du von wahrem Glück schmecken.

Die Werte

Kultivieren Sie die Werte, die in den Geboten und göttlichen Gesetzen vorgeschlagen werden. Bauen Sie Ihre eigene Authentizität und Eignung. Es lohnt sich, ein Apostel der Seligpreisung auf Erden zu sein, sie werden wunderbare Gaben und Gnaden empfangen, die Sie glücklich machen werden. Viel Glück und Erfolg in Ihren Bemühungen ist, was ich von ganzem Herzen wünsche.

Auf der Suche nach innerem Frieden

Der Schöpfergott

Das Universum und alles, was darin enthalten ist, ist das Werk des Heiligen Geistes. Die Hauptmerkmale dieses Wesens von herrlicher Herrlichkeit sind: Liebe, Treue, Großzügigkeit, Stärke, Macht, Souveränität, Barmherzigkeit und Gerechtigkeit. Gute Dinge, wenn sie die Vollkommenheit erreichen, werden von Licht assimiliert und böse Dinge werden von der Dunkelheit absorbiert und in den nächsten

Inkarnationen auf niedrigere Grade herabgelassen. Himmel und Hölle sind nur Geisteszustände und keine bestimmten Orte.

Wahre Liebe

Obwohl er ein sehr großer und mächtiger Gott ist, kümmert sich der HERR persönlich oder durch seine Diener um jedes seiner Kinder. Er sucht unser Glück um jeden Preis. Wie eine Mutter oder ein Vater unterstützt er uns und hilft uns durch schwierige Zeiten, indem er eine unverständliche Liebe zum Menschen offenbart. Wahrlich, auf Erden finden wir in den Menschen diese Art von reiner und interessierter Liebe nicht.

Erkennen Sie sich Sünder und begrenzt

Arroganz, Stolz, Selbstvertrauen, Illusion und Selbstständigkeit sind böse Feinde der Menschheit. Kontaminiert, erkennen sie, dass sie nur eine einfache Masse von Staub sind. Sehen und vergleichen: Ich, der die Sonnen, die Schwarzen Löcher, die Planeten, die Galaxien und die anderen Sterne erschaffen hat, ich prahle nicht damit, je mehr du. Übernimm meine Macht und nimm neue Einstellungen ein.

Der Einfluss der modernen Welt

Die Welt schafft heute unüberwindliche Barrieren zwischen Menschen und Schöpfer. Wir leben umgeben von Technologie, Wissen, Chancen und Herausforderungen. In einer so kompetitiven Welt vergisst der Mensch den Grundsatz, seine Beziehung zu dir. Wir müssen wie die alten Lehrer sein, die Gott unaufhörlich gesucht haben und Ziele nach seinem Willen haben. Nur so wird der Erfolg zu Ihnen kommen.

Wie man sich mit dem Vater integriert

Ich bin der Lebensbeweis dafür, dass Gott existiert. Der Schöpfer hat mich von einem kleinen Höhlenträumer zu einem international anerkannten Mann gemacht. All dies war möglich, weil ich mich mit meinem Vater integriert habe. Wie war das möglich? Ich verzichtete auf meine Individualität und ließ die Kräfte des Lichts in meinen Beziehungen vollständig wirken. Tut, wie ich tue, und betrete unser Reich der Freuden, wo Milch und Honig fließt, das Den Israel verheißene Paradies.

Die Bedeutung der Kommunikation

Vergessen Sie nicht Ihre religiösen Verpflichtungen. Wann immer Sie können oder mindestens einmal am Tag, beten Sie inbrünstig für Sie und die Welt. Gleichzeitig wird eure Seele voller Gnaden sein. Nur wer hartnäckig ist, kann das Wunder vollbringen.

Die Interdependenz und Weisheit der Dinge

Schauen Sie sich das Universum an und Sie werden sehen, dass alles einen Grund und eine Funktion hat, auch wenn sie für das Funktionieren des Ganzen klein ist. Auch mit dem Guten ist eine Legion bereit, für uns zu kämpfen. Fühle den Gott in dir.

Keine Schuld an irgendjemandem

Machen Sie nicht das Schicksal oder Gott für das Ergebnis Ihrer eigenen Entscheidungen verantwortlich. Im Gegenteil denken Sie darüber nach und versuchen Sie nicht, die gleichen Fehler zu machen. Jede Erfahrung sollte als Lernen dienen, um assimiliert zu werden.

Teil eines Ganzen sein

Unterschätzen Sie nicht Ihre Arbeit auf der Erde. Habt es so wichtig für eure Evolution und die anderer. Fühlen Sie sich gesegnet, Teil des großen Theaters des Lebens zu sein.

Beschweren Sie sich nicht

Egal wie sehr ihr Problem, das Leben versucht zu zeigen, dass es Menschen in schlechteren Situationen als Ihre gibt. Es stellt sich heraus, dass ein Großteil unseres Leidens psychologisch durch einen idealisierten Standard für Gesundheit und Wohlbefinden aufgezwungen wird. Wir sind schwach, korrumpierbar und naiv. Aber die meisten Leute denken, dass du ein ewiger Superheld bist.

Aus einem anderen Blickwinkel sehen

Versuchen Sie im Moment der Not, sich zu beruhigen. Beachten Sie die Situation aus einem anderen Blickwinkel und dann, was zunächst wie eine schlechte Sache aussieht, wird sicherlich ihre positiven Auswirkungen haben. Konzentrieren Sie sich mental und versuchen Sie, eine neue Richtung für ihr Leben zu nehmen.

Eine Wahrheit

Wir sind so ertrunken in unseren Sorgen, dass wir nicht einmal die kleinen Gaben, Wunder und routinemäßigen Gnaden erkennen, die wir vom Himmel empfangen. Seien Sie glücklich darüber. Mit ein wenig Mühe wirst du noch mehr gesegnet, weil mein Vater dir das Beste wünscht.

Denken Sie an den anderen

Wenn eure Gedanken euch sehr um euren Bruder sorgen, feiert der Himmel. Großzügig handelnd, ist unser Geist leicht und bereit für höhere Flüge. Machen Sie immer diese Übung.

Vergessen Sie die Probleme

Üben Sie Kreativität, Lesen, Mentalisierung, Meditation, Nächstenliebe und Konversation, damit Probleme Ihre Seele nicht belasten. Entladen Sie nicht die schwere Last, die Sie auf andere tragen, die nichts mit Ihren persönlichen Problemen zu tun hat. Machen Sie Ihren Tag freier und produktiver, indem Sie freundlich sind.

Gesicht Geburt und Tod als Prozesse

Geboren zu sein und zu sterben sind Naturereignisse, die mit Gelassenheit betrachtet werden müssen. Die größte Sorge ist, wenn man am Leben ist, um unsere Einstellungen in Vorteile in erster Linie für andere zu verwandeln. Der Tod ist nur eine Passage, die uns zu einer höheren Existenz mit Preisen führt, die unseren Bemühungen entsprechen.

Unsterblichkeit

Der Mensch wird durch seine Werke und Werte ewig. Das ist das Vermächtnis, das es zukünftigen Generationen hinterlassen wird. Wenn die Früchte der Bäume böse sind, dann hat die Seele keinen Wert für den Schöpfer, der gezupft und in die äußere Dunkelheit geworfen wird.

Haben Sie eine proaktive Haltung

Stehen Sie nicht einfach da. Suchen Sie das Wissen über neue Kulturen und treffen Sie neue Menschen. Ihr kulturelles Gepäck wird größer und folglich die Ergebnisse besser sein. Sei auch ein weiser Mann.

Gott ist Geist

Liebe kann man nicht sehen, man fühlt sich. So ist auch mit dem Herrn, wir können ihn nicht sehen, aber wir fühlen täglich in unseren Herzen seine brüderliche Liebe. Danke jeden Tag für alles, was er für dich tut.

Eine Vision des Glaubens

Der Glaube ist etwas, das in unserem täglichen Leben aufgebaut werden muss. Füttern Sie sie mit positiven Gedanken und fester Einstellung zu ihrem Ziel. Jeder Schritt ist wichtig auf dieser möglichen langen Reise.

Folgen Sie meinen Geboten

Das Geheimnis von Erfolg und Glück liegt darin, meinen Geboten zu folgen. Es hat keinen Sinn, in Worten zu erklären, dass du mich liebst, wenn du nicht dem folgst, was ich sage. Wahrlich, diejenigen, die mich lieben, sind diejenigen, die mein Gesetz einhalten und umgekehrt.

Der tote Glaube

Jeder Glaube ohne Werke ist wirklich tot. Einige sagen, dass die Hölle voller guter Absichten ist und darin eine große Wahrheit liegt. Es nützt nichts, willig zu sein, aber du musst beweisen, dass du mich liebst.

Haben Sie eine andere Vision

Nicht alles Leiden oder jede Niederlage ist gemein. Jede negative Erfahrung, die wir erleben, bringt kontinuierliches, starkes und dauerhaftes Lernen in unser Leben. Lernen Sie, die positive Seite der Dinge zu sehen und Sie werden glücklicher sein.

Aus der Schwäche kommt Stärke

Was in einer heiklen finanziellen Situation zu tun ist

Die Welt ist sehr dynamisch. Es ist üblich, Phasen großen Wohlstands zu haben, die Zeiten großer finanzieller Schwierigkeiten sind. Die meisten Menschen, wenn sie in einer guten Zeit sind, vergessen, weiterzukämpfen und den religiösen Teil. Sie fühlen sich einfach unabhängig. Dieser Fehler kann sie in einen dunklen Abgrund führen, aus dem es schwierig sein wird, ihm zu entkommen. Im Moment ist es wichtig, die Situation kalt zu analysieren, die Lösungen zu identifizieren und mit großem Glauben an Gott zu kämpfen.

Mit einer religiösen Unterstützung werden Sie in der Lage sein, Hindernisse zu überwinden und Wege der Genesung zu finden. Machen Sie sich nicht zu viel für Ihre gescheiterte Vergangenheit verantwortlich. Das Wichtigste ist, mit einer neuen Denkweise voranzukommen, die mit dem Grinsen und Glauben verbunden ist, die in eurem Herzen wachsen wird, wenn ihr eurem Vater euer Leben gibt. Glauben Sie mir, er wird die einzige Rettung für all eure Probleme sein.

Siehe, dem Mann wurde gesagt, dass ihm alles gewährt wird, solange er immer den Weg des Guten geht. Bemühen Sie sich daher, die Gebote der heiligen Schriften und die Empfehlungen der Heiligen zu halten. Seien Sie nicht stolz, sie zu verunglimpfen, denn durch das Beispiel des Lebens konnten sie Gott inmitten der Trümmer erkennen. Denken Sie darüber nach und viel Glück.

Angesichts familiärer Probleme

Seit unserer Geburt sind wir in die erste menschliche Gemeinschaft integriert, die die Familie ist. Sie ist die Grundlage unserer Werte und Bezugsweise in unseren Beziehungen. Wer ein guter Vater, Ehemann oder Sohn sind, wird auch ein großer Bürger sein, der seine Pflichten erfüllt. Wie jede Fraktion sind Meinungsverschiedenheiten unvermeidlich.

Ich bitte Sie nicht, Reibungen zu vermeiden, das ist praktisch unmöglich. Ich bitte euch, einander zu respektieren, miteinander zusammenzuarbeiten und einander zu lieben. Die Familie, die vereint ist, wird niemals enden und gemeinsam große Dinge erobern können.

Es gibt auch eine geistliche Familie, die im Himmel befestigt ist: das Reich des HERRN, Jesus und göttlich. Dieses Reich predigt Gerechtigkeit, Freiheit, Verständnis, Toleranz, Brüderlichkeit, Freundschaft und vor allem Liebe. In dieser spirituellen Dimension gibt es keinen Schmerz, weint, leidet oder stirbt. Alles ist zurückgelassen worden und die auserwählten Gläubigen sind mit einem neuen Körper und einer neuen Essenz bekleidet. Wie geschrieben steht: "Die Gerechten werden leuchten wie die Sonne im Reich ihres Vaters."

Überwindung einer Krankheit oder sogar Tod

Körperliche Erkrankungen sind ein natürlicher Prozess, der auftritt, wenn etwas nicht gut zu unserem Körper passt. Wenn die Krankheit nicht schwerwiegend ist und überwunden wird, spielt sie die Rolle der natürlichen Reinigung der Seele, die Demut und Einfachheit festigt. Wenn wir an der Krankheit leiden, sind wir in einer Zeit unserer Kleinheit und gleichzeitig überschwemmen wir mit der Größe Gottes, die alles tun kann.

Im Falle einer tödlichen Krankheit ist es der endgültige Pass zu einem anderen Plan und nach unserem Verhalten vor Ort werden wir im konkreten Plan zugewiesen. Die Möglichkeiten sind: Hölle, Limbo, Himmel, Stadt der Menschen und Fegefeuer. Jeder ist für einen von ihnen nach ihrer evolutionären Linie bestimmt. An diesem Punkt bekommen wir nur genau das, was wir verdienen, nicht mehr und nicht weniger.

Für diejenigen, die auf der Erde bleiben, bleibt die Sehnsucht nach Familien und das Leben folgt. Die Welt ist für niemanden eben, absolut niemand ist unersetzlich. Aber gute Werke bleiben und zeugen von uns. Alles wird vergehen, außer der Macht Gottes, die ewig ist.

Treffen Sie sich selbst

Wo ist mein Glück? Was tun, um auf der Erde zu bleiben? Das ist es, was viele Leute fragen. Es gibt nicht viel von einem Geschäftsgeheimnis, aber die siegreichen Menschen sind in der Regel diejenigen, die ihre Zeit dem Wohl der anderen und der Menschheit widmen. Indem sie anderen dienen, fühlen sie sich vollkommen und sind eher bereit zu lieben, zu erzählen und zu gewinnen.

Bildung, Geduld, Toleranz und Gottesfurcht sind Schlüsselelemente beim Aufbau einer seltenen und bewundernswerten Persönlichkeit. Auf diese Weise wird der Mensch in der Lage sein, Gott zu finden und genau zu wissen, was er für sein Leben wünscht. Sie können sogar denken, dass Sie auf dem richtigen Weg sind, aber ohne diese Qualitäten werden Sie nur ein Fake sein. Du liebst nur Menschen, die sich wirklich aufgeben und die Seite des anderen verstehen. Lernen Sie von mir, dass ich rein bin, mir meiner Götter bewusst bin, Gott Fürsorge, die meinen Projekten gewidmet sind, verständnisvoll, wohltätig und liebevoll. Es wird etwas Besonderes für meinen Vater werden und die Welt wird erhalten bleiben. Denken Sie daran: Nein für den größeren als den Abgrund oder die Dunkelheit in eurem Leben, aus Schwäche kommt Stärke.

Sophia
Gerechtigkeit

Gerechtigkeit und Ungerechtigkeit sind Schwellen füreinander, und sie sind sehr relativ im Aussehen. Teilen wir es in zwei Zweige: den des Reiches Gottes und das der Menschenreiche. In Bezug auf Gott ist die Gerechtigkeit eng mit der Souveränität des HERRN verbunden, die durch seine Gebote demonstriert wird, insgesamt dreißig nach meiner Vision. Es ist eine praktische Angelegenheit: Entweder sie folgen den Normen des Reiches Gottes oder nicht und für diejenigen, die sich weigern, die Größe dieser Ziele zu sehen, bleibt das Klagelied einer Seele verloren. Rebellische Seelen, die es schaffen, irgendwann im Leben wieder aufzuerstehen, können jedoch fest an die Barmherzigkeit des HERRN, seines Heiligen Vaters, glauben. Gott, der Vater, ist ein Wesen von unendlichen Aufgaben.

Die menschliche Gerechtigkeit hat in jeder Nation ihre eigenen Richtlinien. Die Menschen im Laufe der Zeit bemühen sich, Frieden und Recht auf der Erde zu gewährleisten, auch wenn dies nicht immer geschieht. Dies ist auf veraltete Rechtsvorschriften, Korruption, Vorurteile gegenüber Minderjährigen und menschliches Versagen selbst zurückzuführen. Wenn Sie sich unrecht fühlen, wie ich jemals das Gefühl hatte, Ihre Bitte an Gott gegeben. Er wird den Schmerz verstehen und seinen Sieg zur richtigen Zeit sichern.

Ungerechtigkeit in jeder Hinsicht ist ein Übel der alten und zeitgenössischen Menschheit. Es muss bekämpft werden, damit die

Gerechten das haben können, was Ihnen zu Recht gehört. Was nicht passieren kann, ist zu versuchen, auf seinem Perser gerecht zu werden. Denken Sie daran, dass es nicht Gott ist, jemanden zu richten und zu verurteilen.

"Wenn ich dich anrufe, er antworte mir, Gott meiner Gerechtigkeit". (SM 4.2)

Die Zuflucht zur richtigen Zeit

Wir sind spirituelle Wesen. Irgendwann in unserer Existenz im Himmel werden wir im Moment der Befruchtung auserwählt und in einem menschlichen Körper verkörpert. Das Ziel ist es, die Mission zu erfüllen, indem man sich mit anderen Menschen entwickelt. Einige mit größeren Missionen und andere mit kleineren, aber alle mit einer Funktion, die der Planet nicht aufgeben kann.

Unser erster Kontakt ist innerhalb einer Familie und es ist in der Regel mit diesen Menschen, dass wir länger und unser ganzes Leben. Auch die Kinder, die die Familienbande heiraten, werden nicht ausgelöscht.

Mit sozialen Kontakten haben wir Zugang zu anderen unterschiedlichen Ansichten von uns. Genau hier liegt die Gefahr. Heute haben wir eine riesige Generation junger Menschen, die die böse Seite suchen. Es sind Teenager und Erwachsene, die ihre Eltern nicht respektieren, die Droge verehren und sie stehlen und sogar töten lassen. Selbst sogenannte vertrauenswürdige Menschen können eine Gefahr verbergen, wenn sie versuchen, uns zu beeinflussen, um Böses zu tun. Es gibt auch die andere Seite: Von Unwahrheit, Gewalt, Mobbing, Vorurteilen, Lügen, Illoyalität bombardiert, glauben viele an die menschliche Rasse und sind neuen Freundschaften nahe. Es ist heilsam, darüber nachzudenken, dass es wirklich schwer ist, zuverlässige Leute zu finden, aber wenn Sie einer von diesen Glücklichen sind, halten Sie sie für den Rest Ihres Lebens auf der rechten und linken Seite Ihrer Brust.

Entblößt dies, wenn Sie in irgendein Unglück fallen, wenden Sie sich an Ihre wahren Freunde oder enge Familie und wenn Sie immer noch nicht die Unterstützung finden, suchen Sie nach Gott *die Zuflucht zur richtigen Zeit*. Er ist der Einzige, der ihn nicht länger im Stich lässt, da seine Situation wackelig ist. Gebt euren Schmerz und euren Glauben an besseren Tagen im Gott des Unmöglichen, und ihr werdet nicht umkehren.

"In Angst hast du mich getröstet. Erbarmen Sie mich und hören Sie mir zu **Gebet.** (Psalm 4.2)

Die Verführung der Welt versiert den Weg Gottes

Die Welt ist die große Gegend, in der Kinder Gottes und der Teufel für ihre Sache arbeiten. Wie in jeder Welt, die in Bezug auf die Evolution hinterherhinkt, leben wir eine blutige Dualität, die Menschen in Gruppen erstickt, die zusammen die Gesellschaft bilden.

Obwohl wir sagen, dass die meisten Menschen gute Absichten haben, sehen Sie eine Virtualisierung des gesunden Menschenverstandes. Die meisten ziehen die Dinge der Welt den Dingen Gottes vor. Die Menschen sehnen sich nach Macht, Geld, konkurrieren um Prestige, versinken in widerspenstigen Parteien, praktizieren Ausgrenzung und schüren widerspenstig, praktizieren Klatsch und Verleumdungen den anderen, ziehen es vor, die Hierarchieskala zu erklimmen, indem sie andere betrügen, anprangern und übertreiben. Ich als Vertreter des Herrn habe keinen Zweifel daran, dass diese Menschen nicht von Gott sind. Sie sind Töchter des Teufels, Unkraut, das gnadenlos in den Larven des Abgrunds in der Abrechnung verbrannt werden wird. Es ist kein Urteil, es ist die Realität in der Pflanzen-Ernte-Beziehung.

Wenn sie Werte haben und Vertrauen in die Kräfte des Guten haben, lade ich Sie ein, Teil des Reiches Ihres Vaters zu sein. Wenn ihr auf die Welt verzichtet, werdet ihr endlich die Größe und Güte unseres Gottes sehen. Ein Vater, der dich so annimmt, wie du bist, und der dich mit Liebe liebt, die größer ist, als dein Verständnis reicht. Treffen Sie Ihre Wahl. Hier ist alles flüchtig und neben uns können Sie erleben, was das Wort wirklich bedeutet *"Volles Glück."*

DER WEG ZUM LEBEN

"O Männer, wie lange sollst du sein Herz verhärtet haben, Eitelkeit lieben und die Lüge suchen? (Psalm 4: 3).

Jahwe kennenlernen

Jahwe ist das wunderbarste Wesen, das es gibt. Aus eigener Erfahrung kenne ich das Gesicht dieses liebevollen Vaters, der immer unser Gut will. Warum dann nicht ihm eine Chance geben? Gib ihm deine Kreuze und Hoffnungen, damit eine starke Hand dein Leben verändern kann. Ich garantiere, dass Sie nicht mehr gleich sein werden. Ich hoffe aufrichtig, dass Sie diese wenigen Worte wiedergeben und eine endgültige Entscheidung in Ihrem Leben treffen werden. Ich warte auf dich. Viel Glück. Ich liebe dich, Brüder!

Die Gerechten und die Beziehung zum HERRN

Die Beziehung zu Jahwe

Danke immer eurem geistigen Vater für all die Gnaden, die er sein Ganzes lang geschenkt hat. Sich dankbar und glücklich zu fühlen, dass der HERR ihm das Leben geschenkt hat, ist eine Verpflichtung. Sein Name ist heilig und in allen Teilen der Welt mit Herrlichkeit bedeckt. Im Falle von Not oder brauchen, um es zu greifen und sicherlich wird es seine Wege öffnen, die eine endgültige Lösung für ihr Problem zeigen.

Apropos Probleme, viele von ihnen haben als Ursache das Handeln ihrer Feinde. Appell mit Zuversicht an meinen Vater und jeder, der das Böse will, wird stolpern. Wisst, dass Gott, der Vater, immer an eurer Seite sein wird, habt einfach mehr Vertrauen in ihn. Die Gerechten werden immer vom Vater ausgeruht. Es ist jedoch wichtig, dass Sie einen Ansatz mit Ihren Abneigungen versuchen. Machen Sie Ihren Feind zu einem und treuen Freund oder zumindest eine freundschaftliche Beziehung haben. Eine Intrige hält die Seele in der Dunkelheit, weg von göttlichem Handeln und keinen Nutzen, sich über die

Abwesenheit zu beschweren, ihr habt sie selbst mit eurem Groll und eurer Verachtung gegenüber anderen ferngehalten. Denk darüber nach.

Ja, Gott wird dich lieben und deine Erwartungen in dem Maße erfüllen, wie das Gute du anderen getan hast. Stellen Sie sicher, dass, wenn Sie es vollständig aufgeben, wird er sein Volk für Sie in jedem inneren und äußeren Krieg kämpfen lassen, die stattfindet. Er wird in der Lage sein, das Meer zu öffnen oder Nationen für sein Wohl zu vernichten, weil ihr euch mit Glauben an ihn gewandt habt.

Er tut dies, damit er seine Herrlichkeit singen kann und in der Bestürzung seine Seele sich den auserwählten Seelen anschließt, um Jesus zu zügeln. Das Reich Gottes wird nach und nach gebaut, und die meisten seiner Glieder sind die Armen und Demütigen des Herzens. In dieser spirituellen Dimension gibt es nur Frieden, Glück, Glaube, Gleichheit, Zusammenarbeit, Brüderlichkeit und Liebe ohne Grenzen unter seinen Mitgliedern. Diejenigen, die sich aufmachen, dem Pfad der Finsternis zu folgen, sind jetzt der See des Feuers und des Schwefels, wo sie Tag und Nacht wegen der Schwere ihrer Sünden gequält werden.

Das nennt man göttliche Gerechtigkeit. Die Gerechtigkeit gibt das, was jeder verdient, und er tut dies zu Ehren der Unterdrückten, der Minderheiten, der leidenden Armen, all der Kleinen in der Welt, die unter den Händen der konservativen Elite leiden. Neben der Gerechtigkeit ist die göttliche Barmherzigkeit gefunden, unerreichbar und undurchdringlich für jeden Geist. Deshalb ist er Gott, jemand, der immer mit offenen Armen sein wird, um seine Kinder zu empfangen.

Was Sie tun sollten

Ich traf den göttlichen Vater in dem schwierigsten Moment meines Lebens, in einem Augenblick, als ich tot war und meine Hoffnungen ausgingen. Er lehrte mich seine Werte und rehabilitierte mich vollständig. Er kann ihnen dasselbe tun. Alles, was Sie tun müssen, ist die Handlung seines glorreichen Namens in seinem Leben zu akzeptieren.

Ich folge einigen Grundwerten: Liebe zuerst, Verständnis, Respekt, Äquivalenz, Zusammenarbeit, Toleranz, Solidarität, Demut, Losgelöstheit, Freiheit und Hingabe an die Mission. Versuchen Sie, sich um ihr eigenes Leben zu kümmern und verleumden Sie den anderen nicht, weil der HERR die Herzen richtet. Wenn dir jemand weh tut, überdenke nicht, drehe die andere Wange und überwinde deinen Groll. Jeder vermisst und verdient eine weitere Chance.

Versuchen Sie, Ihren Geist mit Arbeit und Freizeitaktivitäten zu besetzen. Müßiggang ist ein gefährlicher Feind, der dich in den ultimativen Ruin führen kann. Es gibt immer etwas zu tun.

Versuchen Sie auch, Ihren geistigen Teil zu stärken, häufig Ihre Kirche zu besuchen und Rat von Ihrem spirituellen Führer zu erhalten. Es ist immer gut, eine zweite Meinung zu haben, wenn wir Zweifel an einer Entscheidung haben, die getroffen werden muss. Seien Sie vorsichtig und lernen Sie aus Ihren Fehlern und Erfolgen.

Seien Sie vor allem in allen Situationen. Niemand betrügt Gott. Handeln Sie in Einfachheit und seien Sie immer treu, dass Gott Ihnen noch größere Positionen anvertraut. Ihre Größe im Himmel wird in ihrer Knechtschaft quantifiziert werden, die kleinste der Erde wird mit besonderen Orten geschmückt, nahe am größeren Licht.

Ich gebe dir meine ganze Hoffnung

Herr, ihr, die ihr Tag und Nacht meine Bemühungen beobachtet, bittet euch um die Führung, den Schutz und den Mut, meine Kreuze weiterzutragen. Segne meine Worte und Taten, damit sie immer gut sind, seliggesprochen meinen Körper, meine Seele und meinen Geist. Mögen meine Träume nicht so weit werden, wie sie sein mögen. Erlauben Sie mir nicht, nach rechts oder nach links zu drehen. Wenn du stirbst, gib mir die Gnade, mit den Auserwählten zu leben. Amen.

Freundschaft

Wahrer Freund ist derjenige, der in den schlechten Zeiten bei dir ist. Er ist derjenige, der dich mit seiner eigenen Seele und seinem eigenen Leben verteidigt. Lassen Sie sich nicht täuschen. In Zeiten des Glücks werden Sie immer von Menschen mit den unterschiedlichsten Interessen umgeben sein. Aber in den dunklen Zeiten bleiben nur die waren übrig. Meistens Ihre Familie. Diejenigen, die so viel implizieren und ihr Gutes wollen, sind ihre wahren Freunde. Andere Menschen kommen immer in der Nähe wegen der Vorteile.

"Du isst nur Honigbrot mit mir, wenn du mit mir Gras isst." Dieser wahre Satz fasst zusammen, wem wir wirklich Enden geben sollten. Der vorbeiziehende Reichtum zieht viele Interessen an und die Menschen verändern sich. Wissen, wie man über Dinge nachdenkt. Wer war mit Ihnen in Armut? Es sind diese Menschen, die ihr Vertrauensvotum wirklich verdienen. Lassen Sie sich nicht von den falschen Leidenschaften täuschen, die wehtun. Analysieren Sie die Situation. Würde jemand das gleiche Gefühl für Sie haben, wenn Sie ein armer Bettler wären? Meditieren Sie darüber und Sie werden Ihre Antwort finden.

Wer euch in der Öffentlichkeit verleugnet, ist seiner Liebe nicht würdig. Wer Angst vor der Gesellschaft hat, ist nicht bereit, glücklich zu sein. Viele Menschen, die Angst haben, wegen ihrer sexuellen Orientierung abgelehnt zu werden, lehnen ihre Partner in der Öffentlichkeit ab. Dies verursacht schwere psychische Störungen und anhaltende emotionale Schmerzen. Es ist an der Zeit, Ihre Entscheidungen zu überdenken. Wer liebt dich wirklich? Ich bin sicher, dass diese Person, die Sie in der Öffentlichkeit abgelehnt hat, nicht unter ihnen ist. Nehmen Sie Mut und ändern Sie den Weg Ihres Lebens. Lassen Sie die Vergangenheit hinter sich, machen Sie einen guten Plan und gehen Sie weiter. In dem Moment, in dem du aufhörst, für den anderen zu leiden und die Zügel deines Lebens in die Hand zu nehmen, wird dein Weg leichter und einfacher sein. Haben Sie keine Angst und nehmen Sie eine radikale Haltung. Nur das kann dich befreien.

Vergebung

Vergebung ist äußerst notwendig, um Seelenfrieden zu erreichen. Aber was bedeutet es zu vergeben? Vergebung ist nicht zu vergessen. Zu vergeben heißt, eine Situation zu beenden, die euch Traurigkeit gebracht hat. Es ist unmöglich, Erinnerungen an das, was passiert ist, zu löschen. Das nehmen Sie für den Rest Ihres Lebens mit. Aber wenn du in der Vergangenheit feststeckst, wirst du nie in der Gegenwart leben und du wirst nicht glücklich sein. Lasst die anderen euren Frieden nicht nehmen. Verzeihen Sie mir, dass ich vorankomme und neue Erfahrungen lebe. Vergebung wird euch endlich befreien und ihr werdet bereit sein, eine neue Vision des Lebens zu haben. Der Mensch, der dich leiden ließ, kann dein Leben nicht zerstören. Denken Sie, dass es andere gute Männer gibt, die in der Lage sind, Ihnen gute Zeiten zu bieten. Haben Sie eine positive Einstellung. Alles kann besser werden, wenn man es glaubt. Unsere positiven Schwingungen beeinflussen unser Leben so, dass wir triumphieren können. Haben Sie keine negativen oder kleinlichen Einstellungen. Dies kann zu zerstörerischen Ergebnissen führen. Befreien Sie sich von allem Bösen, das durch Ihre Seele läuft und filtert nur gut. Halten Sie einfach, was Ihnen gute Dinge hinzufügt. Glauben Sie mir, ihr Leben wird nach dieser Haltung besser werden.

Sprechen Sie offen mit Ihrer Abneigung. Machen Sie Ihre Erwartungen deutlich. Erklären Sie, dass Sie vergeben haben, aber Sie werden ihm keine zweite Chance geben. Eine liebevolle Vergangenheit zu erleben, kann für beide sehr zerstörerisch sein. Die beste Wahl ist, eine neue Richtung einzuschlagen und zu versuchen, glücklich zu sein. Wir alle verdienen Glück, aber nicht jeder glaubt daran. Wisst, wie man auf Gottes Zeit wartet. Seien Sie dankbar für die guten Dinge, die Sie haben. Suchen Sie weiter nach Ihren Träumen und Ihrem Glück. Alles geschieht zur richtigen Zeit. Die Pläne des Schöpfers für uns sind perfekt und wir wissen nicht einmal, wie wir verstehen sollen. Geben Sie ihr Leben vollständig Gottes Entwürfen und alles wird funktionieren. Umarmen Sie Ihre Mission mit Freude und Sie werden Freude am Leben haben. Das Gefühl der Vergebung wird euer Leben in einer

Weise verändern, an die ihr nie gedacht habt, und dieses schlechte Ereignis wird nur ein veraltetes Hindernis sein. Wenn du nicht in der Liebe lernst, lernst du in Schmerz. Dies ist ein Sprichwort, das auf diese Situation zutrifft.

Finden Sie Ihren Weg

Jede Person hat eine bestimmte und einzigartige Flugbahn. Es hat keinen Sinn, irgendwelche Parameter zu befolgen. Wichtig ist, die Möglichkeiten zu erforschen. Genügend Informationen zu haben, ist von größter Bedeutung, um eine professionelle oder liebevolle Entscheidung zu treffen. Ich glaube, dass der finanzielle Faktor berücksichtigt werden sollte, aber er sollte in Ihrer Entscheidung nicht wesentlich sein. Oft ist das, was uns glücklich macht, kein Geld. Es sind die Situationen und Empfindungen eines bestimmten Bereichs. Entdecken Sie ihr Geschenk, denken Sie über Ihre Zukunft nach und treffen Sie eine Entscheidung. Seien Sie zufrieden mit Ihrer Wahl. Viele von ihnen verändern definitiv unser Schicksal. Denken Sie also gut vor den Entscheidungen.

Wenn wir die richtige Wahl treffen, fließt alles in unserem Leben perfekt. Die richtigen Entscheidungen führen uns zu konkreten und dauerhaften Ergebnissen. Aber wenn Sie einen Fehler in Ihrer Entscheidung machen, ändern Sie Ihre Pläne und versuchen Sie, es beim nächsten Mal richtig zu bekommen. Sie werden die verlorene Zeit nicht aufholen, aber das Leben hat Ihnen eine neue Chance auf Erfolg gegeben. Wir haben anspruchsberechtigt auf jede Chance, die uns das Leben gibt. Wir haben das Recht, es so oft zu versuchen, wie wir brauchen. Wer hat noch nie einen Fehler in seinem Leben gemacht? Aber respektieren Sie immer die Gefühle anderer. Respektieren Sie die Entscheidungen anderer Menschen. Akzeptieren Sie Ihren Fehler. Das wird Ihre Kapazität nicht schmälern. Umarmen Sie Ihren Neuanfang und sinnen Sie nicht wieder. Erinnern Sie sich, was Jesus gesagt hat? Wir können sogar vergeben, aber ihr müsst euch schämen und eure Haltung ändern. Nur dann werden Sie bereit sein, wieder glücklich zu sein. Glauben Sie an Ihre Qualitäten. Haben Sie gute ethische Werte und demütigen Sie sich niemandem. Machen Sie eine neue Geschichte.

Wie man bei der Arbeit lebt

Arbeit ist unsere zweite Heimat, die Erweiterung unseres Glücks. Es muss ein Ort der Harmonie, Freundschaft und Komplizenschaft sein. Dies ist jedoch nicht immer möglich. Warum geschieht dies? Warum bin ich bei der Arbeit nicht glücklich? Warum werde ich verfolgt? Warum arbeite ich so hart und bin immer noch arm? Diese und viele andere Fragen können hier erörtert werden.

Arbeit ist nicht immer harmonisch, weil wir mit verschiedenen Menschen leben. Jeder Mensch ist eine Welt, hat seine eigenen Probleme und es betrifft jeden um sich herum. Hier finden die Kämpfe und Meinungsverschiedenheiten statt. Das verursacht Schmerz, Frustration und Wut. Sie träumen immer von einem perfekten Arbeitsplatz, aber wenn es um Enttäuschung geht, bringt es Ihnen Unbehagen. Infolgedessen waren wir unglücklich. Oft ist seine Arbeit seine einzige finanzielle Unterstützungsstelle. Wir haben keine Möglichkeit, zurückzutreten, obwohl wir es oft wollen. Sie brechen ab und revoltieren. Aber er bleibt aus der Not heraus im Job.

Warum werden wir von Chefs und Kollegen gejagt? Es gibt viele Gründe: Neid, Vorurteile, Autoritarismus, Liebeslosigkeit. Es kennzeichnet uns für immer. Das erzeugt ein Gefühl von Minderwertigkeit und Ernüchterung. Es ist schrecklich, den Frieden bewahren zu müssen, wenn man der Welt, die richtig ist, schreien will. Sie machen einen perfekten Job und Sie werden nicht erkannt. Sie bekommen keine Komplimente, aber Ihr Chef macht einen Punkt, um Sie zu kritisieren. Sie schlagen tausendmal, aber wenn Sie einen Fehler machen, sobald Sie inkompetent genannt werden. Obwohl ich weiß, dass das Problem nicht in Ihnen ist, erzeugt es konsistente Trauma Sünde Ihren Geist. Sie werden zum Arbeitsobjekt.

Warum arbeite ich so hart und bin arm? Das muss ein Spiegelbild sein. Wir leben im Kapitalismus, einem wilden Wirtschaftssystem, in dem die Armen ausgebeutet werden, um Wohlstand für die Reichen zu generieren. Dies geschieht in allen Wirtschaftszweigen. Aber angestellt zu sein, kann eine Option sein. Wir können in fast allen Sektoren mit wenig Geld übernehmen. Wir können unser Geschäft schaffen und unsere Chefs sein. Das bringt uns unglaubliches Selbstvertrauen. Aber ohne Planung geht nichts. Wir müssen die positive und die negative Seite bewerten, damit wir entscheiden können, welcher Weg der Beste ist. Wir brauchen immer einen Hintergrund, aber vor allem müssen wir glücklich sein. Wir müssen proaktiv sein und zu Protagonisten unserer Geschichte werden. Wir müssen den "Treffpunkt" unserer Bedürfnisse finden. Denken Sie daran, dass Sie der Einzige sind, der weiß, was das Beste für Sie ist.

Leben mit hart gesottenen Menschen bei der Arbeit

Oft findet man bei der Arbeit seinen schlimmsten Feind. Diese langweilige Person, die Dich jagt und Dinge erfindet, die Dir wehtun. Andere mögen Dich nicht ohne ersichtlichen Grund. Das ist so schmerzhaft. Mit Feinden zu leben, ist eine schreckliche Sache. Es erfordert viel Kontrolle und Mut. Wir müssen die psychologische Seite verstärken, um all diese Hindernisse zu überwinden. Aber es gibt auch eine andere Option. Sie können Aufträge wechseln, eine Übertragung anfordern oder Ihr eigenes Unternehmen erstellen. Das Ändern von Umgebungen hilft manchmal sehr, in der Situation, in der Sie sich befinden.

Wie geht man mit Straftaten um? Wie reagiert man angesichts verbaler Angriffe? Ich glaube nicht, dass es gut ist, den Mund zu halten. Das vermittelt einen falschen Eindruck, dass Du ein Narr bist. Reagieren. Lassen Sie sich von niemandem verletzen. Man muss die Dinge trennen. Es ist eine Sache für Ihren Chef, Ergebnisse aus Ihrer Arbeit zu sammeln, und eine andere Sache ganz anders ist, Sie zu jagen.

Lassen Sie sich von niemandem ihre Freiheit ersticken. Seien Sie autonom in Ihren Entscheidungen.

Vorbereitung auf ein autonomes Arbeitseinkommen

Um die Arbeit verlassen zu können und unabhängig zu sein, müssen wir den Markt analysieren. Investieren Sie Ihr Potenzial in das, was Sie am liebsten tun. Es ist toll, an dem zu arbeiten, was Dir gefällt. Man muss Glück mit finanziellem Einkommen verbinden. Arbeiten und eine gute finanzielle Reserve bilden. Dann investieren Sie in die Planung. Berechnen Sie alle Ihre Schritte und Schritte. Forschung und Beratung mit Experten. Seien Sie zuversichtlich, was Sie wollen. Mit einem Weg zu gehen, wird alles einfacher für Sie sein.

Wenn Ihre erste Option nicht funktioniert, bewerten Sie Ihren Pfad neu und bleiben Sie bei Ihren Zielen. Glauben Sie an Ihr Potenzial und Ihr Talent. Mut, Entschlossenheit, Kühnheit, Glaube und Beharrlichkeit sind die wesentlichen Elemente des Erfolgs. Stellen Sie Gott an die erste Stelle und alle anderen Dinge werden, hinzugefügt werden. Glauben Sie an sich selbst und seien Sie glücklich.

Analyse von Spezialisierungsmöglichkeiten in Studien

Das Studium ist für den Arbeitsmarkt und das Leben im Allgemeinen von wesentlicher Bedeutung. Wissen aggregiert und transformiert uns. Ein Buch zu lesen, einen Kurs zu machen, einen Beruf zu haben und einen weiten Blick auf die Dinge zu haben, hilft uns zu wachsen. Wissen ist unsere Macht gegen die Angriffe der Unwissenheit. Es führt uns auf einen klareren und präziseren Weg. Spezialisieren Sie sich daher auf Ihren Beruf und sind Sie ein kompetenter Profi. Seien Sie originell und erstellen Sie Verbrauchertrends. Befreien Sie sich von Pessimismus, gehen Sie mehr Risiken ein und bleiben Sie bestehen. Glauben Sie immer an Ihre Träume, denn sie sind Ihr Kompass im Tal der Finsternis. Wir können alles in dem tun, was uns stärkt.

Erforschen Sie Ihr Fachgebiet. Erstellen Sie Lernmechanismen. Erfinden Sie sich neu. Es ist möglich, das zu werden, wovon Ihr schon immer geträumt habt. Es braucht nur einen Aktionsplan, Planung und Willenskraft. Schaffen Sie Ihren eigenen Erfolg und Sie werden glücklich sein. Sehr erfolgreich für Sie.

Wie man in der Familie lebt
Was ist Familie

Familie sind die Menschen, die mit Dir leben, ob sie verwandt sind oder nicht. Es ist der erste Familienkern, zu dem Sie gehören. Im Allgemeinen besteht diese Gruppe aus Vater, Mutter und Kindern.

Eine Familie zu haben, ist von grundlegender Bedeutung für die menschliche Entwicklung. Wir lernen und kehren in diesem kleinen Familienkern. Familie ist unsere Basis. Ohne sie sind wir nichts. Deshalb erfüllt dieses Gefühl der Zugehörigkeit zu etwas die Seele des Menschen.

Wenn wir jedoch mit eifersüchtigen oder bösen Menschen leben, kann dies unsere persönliche Entwicklung behindern. In diesem Fall gilt folgender Spruch: "Besser nur als schlecht begleitet". Der Mensch muss auch wachsen, seine eigenen Räume erobern und seine eigene Familie bilden. Das ist Teil des Naturgesetzes des Lebens.

Wie respektiert und respektiert werden

Die größte Regel, in einer Familie zu leben, sollte Respekt sein. Obwohl sie zusammenleben können, berechtigt es den anderen nicht, sich in Ihr Leben einzumischen. Bekräftigen Sie diesen Standpunkt. Haben Sie Ihren Job, Ihr Zimmer, Ihre Leute Dinge separat. Jede Familie muss ihre eigene Persönlichkeit, Ihr Handeln und ihre Wünsche respektiert haben.

Zusammenleben oder nach Hause gehen und mehr Privatsphäre haben? Viele junge Menschen stellen sich diese Frage oft. Aus meiner persönlichen Erfahrung lohnt es sich nur, das Haus zu verlassen,

DER WEG ZUM LEBEN

wenn Sie Unterstützung außerhalb des Hauses haben. Glauben Sie mir, Einsamkeit kann das Schlimmste Ihrer Feinde sein und Sie viel misshandeln.

Ich lebte vier Monate lang mit der Ausrede, dass ich näher an der Arbeit sein würde. Aber eigentlich habe ich versucht, die Liebe zu finden. Ich dachte, das Leben in der Großstadt würde es mir leichter machen, zu suchen. Aber das ist nicht passiert. Die Menschen sind in der modernen Welt kompliziert geworden. Heute herrscht Materialismus, Egoismus und Schlechtigkeit.

Früher habe ich in einer Wohnung gelebt. Ich hatte meine Privatsphäre, aber ich fühlte mich total unglücklich. Ich war noch nie eine junge Partei oder habe getrunken. Allein leben gefällt mir nicht so sehr. Am Ende erkannte ich, dass meine Verantwortung eher zugenommen als verringert hatte. Also beschloss ich, nach Hause zu gehen. Es war keine leichte Entscheidung. Ich wusste, dass meine Hoffnungen, jemanden zu finden, beendet enden. Ich bin bei der LGBT-Gruppe. Es ist undenkbar, dass ich zu Hause einen Freund bekomme, weil meine Familie total traditionell ist. Sie würden mich nie akzeptieren, für wen ich bin.

Ich kam nach Hause und dachte darüber nach, mich auf die Arbeit zu konzentrieren. Im Alter von 36 Jahren hatte ich nie einen Partner gefunden. Er sammelte fünfhundert Ablehnungen und diese nahmen jeden Tag zu. Dann fragte ich mich: Warum dieses Bedürfnis, Glück in der anderen zu finden? Warum kann ich meine Träume nicht allein verwirklichen? Alles, was ich tun musste, war eine gute finanzielle Unterstützung zu haben und ich konnte das Leben besser genießen. Dieser Gedanke, neben jemandem glücklich zu sein, ist heutzutage fast überholt. Das kommt selten vor. Also ging ich mit meinen Projekten weiter. Ich bin Schriftsteller und Filmemacher.

Finanzielle Abhängigkeit

Zu wissen, wie man mit der finanziellen Frage umgeht, ist heutzutage von größter Bedeutung. Obwohl er als Familie lebt, muss jeder seinen Lebensunterhalt bestreiten. Oft musste ich meiner Familie helfen, weil ich der Einzige bin, der einen festen Job hat. Aber die Situation wurde sehr schwierig, als sie nur auf mich warteten. Deshalb habe ich auch das Haus verlassen. Sie mussten aufwachen, um die Realität zu sehen. Helfen ist gut, wenn man Reste hat. Aber es ist nicht fair, dass ich arbeite und andere Leute mein Geld mehr genießen als ich selbst.

Dieses Beispiel zeigt, wie wichtig Bewusstsein ist. Wir müssen die Dinge trennen. Jeder muss versuchen zu arbeiten. Jeder hat die Fähigkeit zu überleben. Wir müssen Protagonisten unserer eigenen Geschichte sein und dürfen nicht von anderen abhängig sein. Es gibt Kranke in der heutigen Welt. Profitieren Männer und Frauen. Das ist keine Liebe. Es ist nur finanzielles Interesse. Mit Liebe getäuscht zu werden, wird nur Leid bringen.

Ich verstehe, dass es nicht einfach ist, mit einigen Situationen umzugehen. Aber wir müssen rational sein. Der Sohn hat geheiratet. Soll er sein eigenes Leben übernehmen. Enkelkinder zu betreuen? Überhaupt nicht. Das liegt in der Verantwortung der Eltern. Wer schon im Alter ist, sollte das Leben genießen, indem Ihr reist und angenehme Aktivitäten macht. Sie haben Ihre Rolle erfüllt. Sie wollen sich nicht um die Verantwortung anderer Menschen kümmern. Das kann sehr schädlich für Sie sein. Machen Sie eine innere Reflexion und sehen Sie, was das Beste für Sie ist.

Die Bedeutung des Beispiels

Wenn wir über Kinder sprechen, sprechen wir über die Zukunft des Landes. Daher ist es von größter Bedeutung, dass sie eine gute Familienbasis haben. Im Allgemeinen sind sie die Reflexion der Umwelt, in der sie leben. Wenn wir eine strukturierte und glückliche Familie haben, ist die Tendenz, dass junge Menschen diesem Beispiel folgen. Deshalb ist das Sprichwort wahr: "Wer ein guter Sohn ist, ist ein guter Vater." Dies ist jedoch keine allgemeine Regel.

Wir haben oft junge Rebellen. Obwohl sie wunderbare Eltern haben, neigen sie zum Bösen. Fühlen Sie sich in diesem Fall nicht schuldig. Sie haben Ihren Teil dazu beigetragen. Jeder Mensch hat seinen freien Willen. Wenn das Kind das Böse gewählt hat, wird es die Konsequenzen tragen. Das ist in einer Gesellschaft natürlich. Es gibt Gut und Böse. Das ist eine persönliche Entscheidung.

Ich habe mich für einen guten Menschen entschieden und bin heute ein total glücklicher, ehrlicher und gesunder Mensch. Ich bin ein Beispiel für Beharrlichkeit und Hoffnung in Richtung meiner Träume. Ich glaube an die Werte Ehrlichkeit und Arbeit. Kehren Sie das Ihren Kindern. Beruhigen Sie das Gute und ernten Sie das Gute. Wir sind die Frucht unserer Bemühungen, nicht mehr oder weniger. Jeder hat das was er verdient.

Ende

www.ingramcontent.com/pod-product-compliance
Lightning Source LLC
LaVergne TN
LVHW020435080526
838202LV00055B/5195